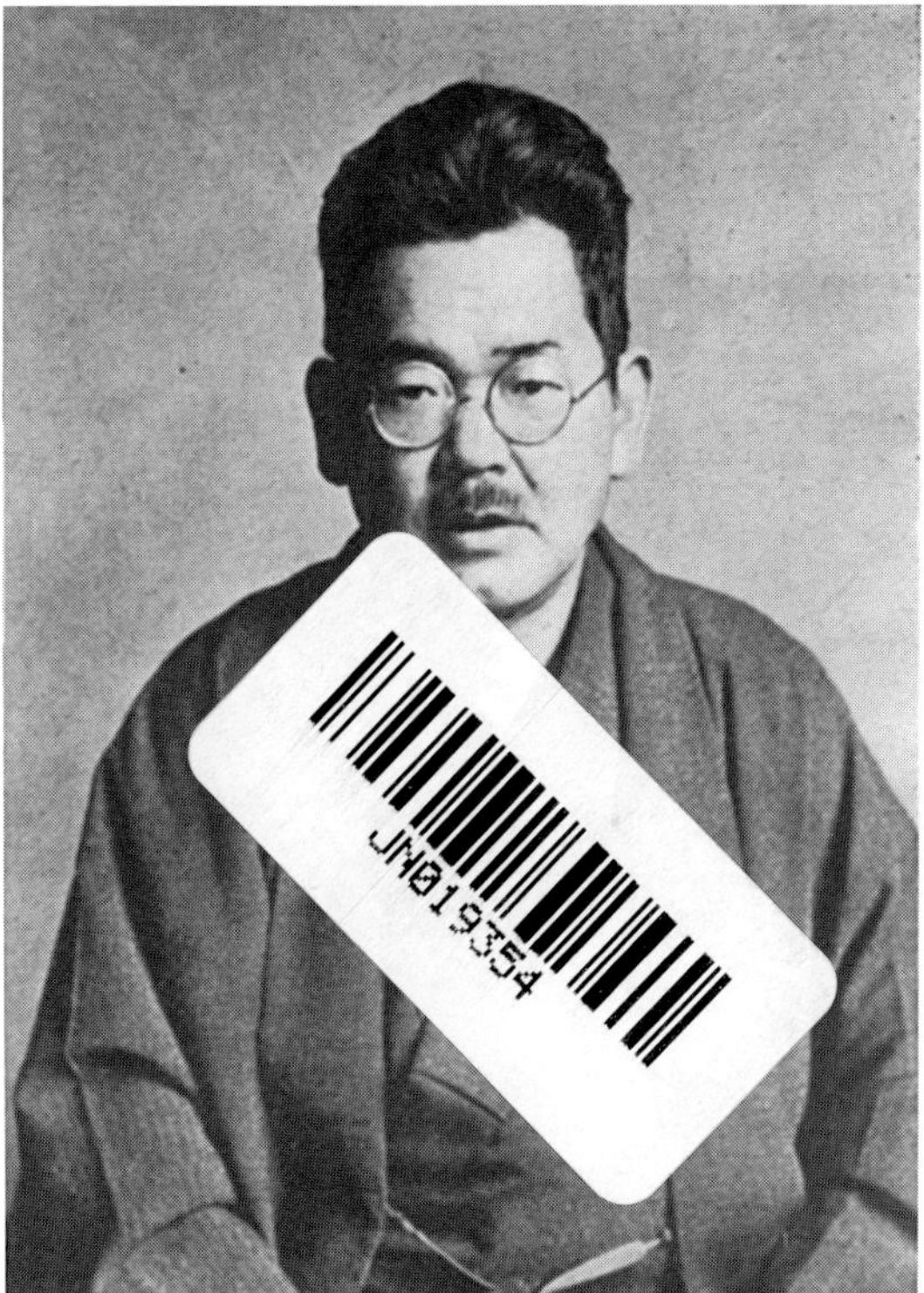

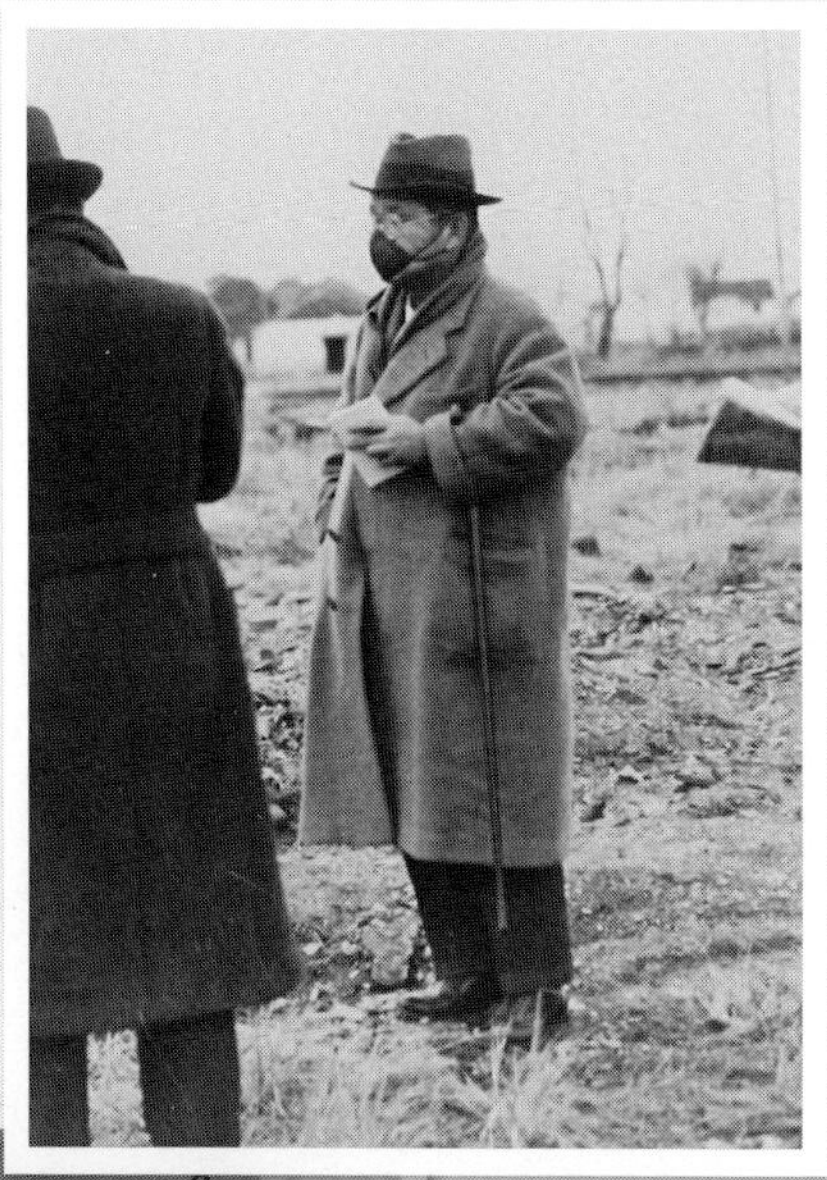

新聞連載「西住戦車長伝」の取材のため、中国南京や徐州の戦跡を訪問。昭和14年1月、51歳ごろ。

雑司が谷の自宅書斎にて。昭和11年、48歳ごろ。

文春文庫

マスク

スペイン風邪をめぐる小説集

菊池寛

文藝春秋

マスク

スペイン風邪をめぐる小説集　◎　目次

マスク

スペイン風邪をめぐる小説集

マスク

見かけ丈《だけ》は肥《ふと》って居《い》るので、他人からは非常に頑健《がんけん》に思われながら、その癖《くせ》内臓と云《い》う内臓が人並以下に脆弱《ぜいじゃく》であることは、自分自身が一番よく知って居た。一寸《ちょっと》した坂を上っても、息切れがした。階段を上っても息切れがした。新聞記者をして居たとき、諸官署《しょかんしょ》などの大きい建物の階段を駈け上ると、目ざす人の部屋へ通されても、息がはずんで、急には話を切り出すことが、出来ないことなどもあった。

肺の方も余り強くはなかった。深呼吸をする積《つもり》で、息を吸いかけても、ある程度迄《まで》吸うと、直《す》ぐ胸苦しくなって来て、それ以上は何《ど》うしても吸えなかった。

心臓と肺とが弱い上に、去年あたりから胃腸を害してしまった。内臓では、強いものは一つもなかった。その癖《くせ》身体丈《だけ》は、肥って居る。素人眼にはいつも頑健そうに見える。自分では内臓の弱いことを、万々承知して居ても、他人から、「丈夫そうだ丈夫そうだ。」と云われると、そう云われることから、一種ごまかしの自信を持ってしまう。器量の悪い女でも、周囲の者から何か云われると自分でも「満更《まんざら》ではないのか。」と思い出すように。

本当には弱いのであるが「丈夫そうに見える。」と云う事から来る、間違った健康上の自信でもあった時の方がまだ頼もしかった。が、去年の暮、胃腸をヒドク壊して、医者に見て貰《もら》ったとき、その医者から、可《か》なり烈《はげ》しい幻滅を与えられてしまった。

医者は、自分の脈を触って居たが、

「オヤ脈がありませんね。こんな筈はないんだが。」と、首を傾けながら、何かを聞き入るようにした。医者が、そう云うのも無理はなかった。自分の脈は、何時《いつ》からと云うことなしに、微弱になってしまって居た。自分でじっと長い間抑えて居ても、あるかなきかの如《ごと》く、ほのかに感ずるのに過ぎなかった。

医者は、自分の手を抑えたまま一分間もじっと黙って居た後、

「ああ、ある事はありますがね。珍らしく弱いですね。今まで、心臓に就《つい》て、医者に何か云われたことはありませんか。」と、一寸《ちょっと》真面目な表情をした。

「ありません。尤《もっと》も、二三年来医者に診て貰《もら》ったこともありませんが。」と、自分は答えた。

医者は、黙って聴診器を、胸部に当てがった。丁度其処《ちょうどそこ》に隠されて居る自分の生命の秘密を、嗅《か》ぎ出されるかのように思われて気持が悪かった。

医者は、幾度も幾度も聴診器を当て直した。そして、心臓の周囲を、外から余すところないように、探って居た。

「動悸が高ぶった時にでも見なければ、充分なことは分りませんが、何《ど》うも心臓の弁の併合が不完全なようです。」

「それは病気ですか。」と、自分は訊いて見た。

「病気です。つまり心臓が欠けて居るのですから、もう継ぎ足すことも何《ど》うすることも出来ません。第一手術の出来ない所ですからね。」

「命に拘《かか》わるでしょうか。」自分は、オズオズ訊いて見た。

「いや、そうして生きて居られるのですから、大事にさえ使えば、大丈夫です。それに、心臓が少し右の方へ大きくなって居るようです。あまり肥るといけませんよ。脂肪心になると、ころりと衝心《しょうしん》してしまいますよ。」

医者の云うことは、一つとしてよいことはなかった。心臓の弱いことは兼《かね》て、覚悟はして居たけれども、これほど弱いとまでは思わなかった。

「用心しなければいけませんよ。火事の時なんか、馳《か》け出したりなんかするといけません。此間も、元町に火事があった時、水道橋で衝心を起して死んだ男がありましたよ。呼びに来たから、行って診察しましたがね。非常に心臓が弱い癖に、家から十町ばかりも馳け続けたらしいのですよ。貴君なんかも、用心をしないと、何時コロリと行くかも知れませんよ。第一喧嘩なんかをして興奮しては駄目ですよ。熱病も禁物ですね。チフスや流行性感冒に罹《かか》って、四十度位の熱が三四日も続けばもう助かりっこはありませんね。」

此《この》医者は、少しも気安めやごまかしを云わない医者だった。が、嘘でもいいから、もっと気安めが云って、欲しかった。これほど、自分の心臓の危険が、露骨に述べられると、自分は一種味気ない気持がした。

「何か予防法とか養生法とかはありませんかね。」と、自分が最後の逃げ路を求めると、

「ありません。ただ、脂肪類を喰わないことですね。肉類や脂っこい魚などは、なるべく避けるのですね。淡白な野菜を喰うのですね。」

自分は「オヤオヤ。」と思った。喰うことが、第一の楽しみと云ってもよい自分には、こうした養生法は、致命的なものだった。

こうした診察を受けて以来、生命の安全が刻々に脅かされて居るような気がした。殊《こと》に、丁度《ちょうど》その頃から、流行性感冒が、猛烈な勢で流行《はや》りかけて来た。医者の言葉に従えば、自分が流行性感冒に罹《かか》ることは、即《すなわ》ち死を意味して居た。その上、その頃新

聞に頻々と載せられた感冒に就《つい》ての、医者の話の中などにも、心臓の強弱が、勝負の別れ目と云ったような、意味のことが、幾度も繰り返されて居た。

自分は感冒に対して、脅え切ってしまったと云ってもよかった。自分は出来る丈《だけ》予防したいと思った。最善の努力を払って、罹らないように、しようと思った。他人から、臆病と嗤《わら》われようが、罹って死んでは堪《たま》らないと思った。

自分は、極力外出しないようにした。妻も女中も、成《な》るべく外出させないようにした。そして朝夕には過酸化水素水で、含漱《うがい》をした。止むを得ない用事で、外出するときには、ガーゼを沢山詰めたマスクを掛けた。そして、出る時と帰った時に、叮嚀《ていねい》に含漱《うがい》をした。

それで、自分は万全を期した。が、来客のあるのは、仕方がなかった。風邪がやっと癒ったばかりで、まだ咳をして居る人の、訪問を受けたときなどは、自分の心持が暗くなった。自分と話して居た友人が、話して居る間に、段々熱が高くなったので、送り帰すと、その後から四十度の熱になったと云う報知を受けたときには、二三日は気味が悪かった。

毎日の新聞に出る死亡者数の増減に依《よ》って、自分は一喜一憂した。日毎《ひごと》に増して行って、三千三百三十七人まで行くと、それを最高の記録として、僅《わず》かばかりではあったが、段々減少し始めたときには、自分はホッとした。が、自重した。二月一杯は殆《ほと》んど、外出しなかった。友人はもとより、妻までが、自分の臆病を笑った。自分も少し神経衰弱の恐病症《ヒポコンデリア》に罹って居ると思った。が、感冒に対する自分の恐怖は、何《ど》うにもまぎらすことの出来ない実感だった。

三月に、は入《い》ってから、寒さが一日一日と、引いて行くに従って、感冒の脅威も段々衰えて行った。もうマスクを掛けて居る人は殆《ほとん》どなかった。が、自分はまだマスクを除《の》けなかった。

「病気を怖れないで、伝染の危険を冒すなどと云うことは、それは野蛮人の勇気だよ。病気を怖れて伝染の危険を絶対に避けると云う方が、文明人としての勇気だよ。誰も、もうマスクを掛けて居ないときに、マスクを掛けて居るのは変なものだよ。が、それは臆病でなくして、文明人としての勇気だと思うよ。」

自分は、こんなことを云って友達に弁解した。又心の中でも、幾分かはそう信じて居た。

三月の終頃まで、自分はマスクを捨てなかった。もう、流行性感冒は、都会の地を離れて、山間僻地《へきち》へ行ったと云うような記事が、時々新聞に出た。が、自分はまだマスクを捨てなかった。もう殆ど誰も付けて居る人はなかった。が、偶に停留場で待ち合わして居る乗客の中に、一人位黒い布片《ぬのきれ》で、鼻口を掩《おお》うて居る人を見出《みいだ》した。自分は、非常に頼もしい気がした。ある種の同志であり、知己であるような気がした。自分は、そう云う人を見付け出すごとに、自分一人マスクを付けて居ると云う、一種のてれくささから救われた。自分が、真の意味の衛生家であり、生命を極度に愛惜する点に於《お》いて一個の文明人であると云ったような、誇《ほこり》をさえ感じた。

四月となり、五月となった。遉《さすが》の自分も、もうマスクを付けなかった。ところが、四月から五月に移る頃であった。また、流行性感冒が、ぶり返したと云う記事が二三の新聞に現われた。自分は、イヤになった。四月も五月になって、まだ充分に感冒の脅威から、脱け切れないと云うことが、堪《たま》らなく不愉快だった。

が、遉《さすが》の自分も、もうマスクを付ける気はしなかった。日中は、初夏の太陽が、一杯にポカポカと照して居る。どんな口実があるにしろ、マスクを付けられる義理ではなかった。新聞の記事が、心にかかりながら、時候の力が、自分を勇気付けて呉《く》れて居た。

丁度《ちょうど》五月の半であった。市俄古《シカゴ》の野球団が来て、早稲田で仕合《しあい》が、連日のように行われた。帝大と仕合がある日だった。自分も久し振りに、野球が見たい気になった。学生時代には、好球家の一人であった自分も、此一二年殆んど見て居なかったのである。

その日は快晴と云ってもよいほど、よく晴れて居た。青葉に掩われて居る目白台の高台が、見る目に爽やかだった。自分は、終点で電車を捨てると、裏道を運動場の方へ行った。此《こ》の辺の地理は可《か》なりよく判って居た。自分が、丁度《ちょうど》運動場の周囲の柵に沿うて、入場口の方へ急いで居たときだった。ふと、自分を追い越した二十三四ばかりの青年があった。自分は、ふとその男の横顔を見た。見るとその男は思いがけなくも、黒いマスクを掛けて居るのだった。自分はそれを見たときに、ある不愉快な激動《ショック》を受けずには居られなかった。それと同時に、その男に明かな憎悪を感じた。その男が、何となく小憎らしかった。その黒く突き出て居る黒いマスクから、いやな妖怪的な醜《みに》くさをさえ感じた。

此《こ》の男が、不快だった第一の原因は、こんなよい天気の日に、此《こ》の男に依《よ》って、感冒の脅威を想起させられた事に違《ちがい》なかった。それと同時に、自分が、マスクを付けて居るときは、偶にマスクを付けて居る人に、逢《あ》うことが嬉しかったのに、自分がそれを付けなくなると、マスクを付けて居る人が、不快に見えると云う自己本位的な心持も交じって居た。が、そうした心持よりも、更にこんなことを感じた。自分がある男を、不快に思ったのは、強者に対する弱者の反感ではなかったか。あんなに、マスクを付けることに、熱心だった自分迄《まで》が、時候の手前、それを付けることが、何《ど》うにも気恥しくなって居る時に、勇敢に傲然《ごうぜん》とマスクを付けて、数千の人々の集まって居る所へ、押し出して行く態度は、可《か》なり徹底した強者の態度ではあるまいか。兎《と》に角《かく》自分が世間や時候の手前、やり兼ねて居ることを、此《こ》の青年は勇敢にやって居るのだと思った。此《こ》の男を不快に感じたのは、此の男のそうした勇気に、圧迫された心持ではないかと自分は思った。

神の如く弱し

一

雄吉は、親友の河野が、二年越《ごし》の恋愛事件以来——それは、失恋事件と云《い》ってもよい程、失恋の方が主になって居《い》た——事々に気が弱くてダラシがなく、未練がじめじめと何時迄《いつまで》も続いて居て、男らしい点の少しもないのがはがゆくて堪《たま》らなかった。河野の愛には報《むく》いないで、人もあろうに、河野には無二の親友であった高田に、心を移して行った令嬢や、又河野に対する軽い口約束を破ってまで、それを黙許《もっきょ》した令嬢の母のS未亡人に対する河野の煮え切らない心持は、雄吉から考えれば腑甲斐《ふがい》なき限りであった。

雄吉が、若《も》し河野であったならば、斬《き》ったり突いたりするような事は、自分の教養が許さないにしても、男らしい恨みを、もっと端的に現わせる筈《はず》だのにと思った。それだのに河野は、ぐたぐたとなってしまった許《ばかり》ではなく、令嬢の愛が自分にないと知ると、自分の身を犠牲にして、恋の敵手《あいて》と云ってもよい高田と、自分の恋人とを、仲介しようとするような、自己犠牲的な行動に出ようとした。河野は、それを人道主義的な、高尚な、行動ででもあるように思って居た。雄吉は、そうした河野のやり方を、蔑《さげ》すんだ。自分が捨てられると、今度は直《す》ぐ、自分の恋人と、憎まねばならぬ筈《はず》の恋の敵手とを、仲介しようとする、それでは至醇と思われて居た筈の河野の最初の恋までが、イカサマな贋物のように思われるのではないかと雄吉は思った。

而《しか》も、河野のそうした申出が、相手の高田から『大きなお世話だ。』と云うように情《すげ》なく断られると、今度は最後の逃げ道として、帰郷を計画しながら、而も国へ帰ったかと思うと、もう三日振りには、淋しくて堪《たま》らなくて、東京へ帰って来たのであった。

それに、自分独りで、グッと踏み堪《こた》える力がなくて、毎日のように友人を代りばんこに尋《たず》ねて、同じ愚痴《ぐち》を繰り返して、安価のお座《ざ》なりの同情で、やっと淋しさをまぎらして居るような、河野の態度も、雄吉には堪らなくはがゆかった。

それも、細木だとか雄吉など云う極《ご》く親しい友人が、河野の愚痴を聴き飽いて、もう新鮮な同情を与えなくなると、今度は高等学校時代の旧友や、一寸《ちょっと》した顔馴染《なじみ》の人達を囚《とら》えて、河野は相変らず、同じ事を繰り返して居るようであった。

「若《も》し、河野があの失恋をグッと踏み堪《こら》えて居て、田舎で半年も、じっと黙って居て呉《く》れれば、我々はどれほど河野を尊敬したかも知れない。河野だって、何《ど》れほど男を上げたかも知れない。」と、雄吉は細木などに、よくそんな事を云って居た。

河野の失恋は、その腐ったような尾を、何時迄《まで》も、引いて居た。そして、その尾は何時の間にか、放恣《ほうし》な出鱈目《でたらめ》な、無検束な生活に変って居るのであった。彼の生活の何処にも、手答えがなかった。性格から、凡《すべ》ての堅い骨を抜き取ってしまったように何事をするにも強い意志がないように見えた。そして、おしまいには、今迄《まで》の親友の群を放れて、何時の間にか、遊蕩生活をさえ始めて居た。そして、自分に対する友人たちの尊敬や信頼を、自分で塗り潰して居た。

その頃の雄吉は、細木や藤田などに逢《あ》うと、定まって河野に対する悪口を云って居た。細木などと、久し振に会って、三時間も四時間も、立てつづけに喋《しゃべ》った後で、総勘定をして見ると、会話の三分の二までが、河野の過去や現在のだらしのない行為や生活に対する非難で持ち切って居た。失恋当時の弱々しい未練たっぷりの態度や、それにつづいての妄動や、現在の彼の生活の頽廃《たいはい》して居ることを、掛合《かけあい》で喋べって居るのであった。それに気が付くと、雄吉は淋しかった。親しい友人の悪口を、蔭でさんざんに云い合う。その事自身が、可《か》なりいやしい厭《いと》わしい事に違いなかった。が、会

話の途中で、ついその事に気が付いて、

「ああそうそう。又河野の悪口を云って居《い》た。」

と、お互に制し合う場合には、きっとその後の話には、一時に沢山の禁句が出来たように、妙な窮屈《きゅうくつ》さを感じた。そして、何時の間にか話が河野の悪口に、後戻りして居るほど、雄吉たちは、河野の生活に対する非難で、心が一杯につまって居た。

雄吉は思った。我々の親しい友達の間では、今迄蔭口《までかげぐち》などは、決して利いた事はなかったのに、河野に対してのみは、皆が平気で少しも良心の苛責《かしゃく》を受けずに、いくらでも悪口を話し続け得るほど、河野は友達に対する威厳を無くしてしまったのだと。友人に対する威厳や、友人からの信頼を、無くしてしまう事、それは無くする当人から云っても無くされる友達から云っても、可《か》なりの悲劇に違いないと思った。

殊《こと》に、雄吉は細木などから、

「何《ど》うだ。やっぱり、君が新聞小説なんかを、書かせるからいけないのだ。河野を貧乏にして置いたら今頃は困って居るにしても、健全に、清浄な生活を送って居るぜ。」などと云われる度にくすぐったいような不快を感じた。河野が失恋に苦しむと同時に物質生活の不安に脅かされて居る時、多くの友人の抗議を排して、新聞小説を書かせたのは、雄吉であった。河野が、細木や吉岡などの烈《はげ》しい反対に逢《あ》って、到頭《とうとう》書かないことを決心して、断りの返事を、雄吉の所へ持って来たとき、敢然として再考を求めたのは雄吉であった。

　河野と同じように、無資産の貧乏人である雄吉は、細木や吉岡などよりも、河野の心持はよく判った。失恋と同時に、凡《すべ》てに元気を失った彼には、貧乏人には付物である物質上の不安が、何時よりも猛烈に、感ぜられて居たのだ。その不安を取り去ることは、失恋に対する対症法ではなくとも、彼の心持を、少しでも軽くする事に依《よ》って、間接に幾何《いくら》かは、彼の苦悩を癒するものと信じて居た。雄吉のそうした考《かんがえ》も、一時は誤って居ないように見えた。

『僕は、新聞小説をかいた事に依《よ》って、やや救われたと云っても、いい位だ、あの頃の友達の忠告の中では、君のが一番適切だった。』と、河野は後になってから、雄吉に感謝の意を洩《もら》したこともある。それに対して、雄吉も内心多少の得意は感じて居た。それだのに、河野の生活が、此《この》頃のように放埒《ほうらつ》になってからは、宛《あたか》もその原因が、新聞小説をかいた為に得た比較的豊かな、物質上の自由にあるように解釈されて、従ってそれを書く事を勧めた雄吉迄《まで》が、細木などから軽い非難の的になって居た。その事も、雄吉としては、快い事ではなかった。

　その上、その頃は雄吉の知人で、同時に河野を知って居る誰かに逢うと、その人はきっと河野に対する報告を、聞せて呉《く》れた。丁度《ちょうど》、子供が何かの悪戯をしたのを、それを監督する責任のある父兄に、告口《つげぐち》でもするように。

「君！　河野君が此間の晩にね……」とか、「君が、まだ知らないとは駭《おどろ》いたね。」と云うような冒頭で、河野があしたこうしたと云ったような事を、いくらか誇張したように、話して呉《く》れた。どの話を聴いても、河野は決していい役廻りをして居《い》なかった。河野が人が好《よ》くて、気の弱いのに付け込まれて、散々に利用されて居て、しかも蔭《かげ》では、馬鹿にされて居ると云ったように結論せられる話ばかりであった。そして彼等はきっとおしまいに、「君達から、少し忠告するといいんだ。」と、親切ごかしに、付け加えて呉れるのであった。

雄吉も、細木や藤田などの極く親しい間丈《だけ》では、河野に対する非難を、いくら繰り返しても、そう不快ではなかったが、余り自分たちと、親しくない者から、彼に対する非難や侮蔑を聞くと、やっぱり不愉快であった。もっと、何《ど》うかして呉《く》れればいいと、思わずには居られなかった。もっと、シャンとして呉れればと、思わずには居られなかった。

河野は、生活の調子を、ダラシなくしたばかりでなく、創作の方面でも、同人雑誌をやって居た頃の向上的《アムビシャス》な理想などを、悉《ことごと》く振り捨ててしまって、婦人雑誌の中でも一番下品な雑誌へ、続き物を書く約束などを始めて居た。藤田などは、それを知ると目を丸くして、駭《おどろ》きかつ慨《なげ》いた。

「僕は、河野が放蕩《ほうとう》を始めたからと云って、それを彼是云おうとは思わない。いくら、遊蕩をしてもいいが、創作の方面でもっと真剣であって呉《く》れれば文句はないのだ。また創作の方面を投げやりにするのなら、もっと実生活の方でシッカリした真面目な生活を送って呉《く》れればいいんだ。河野は、生活も創作も両方とも、投げやりにして居るから、救われないと思うんだ。どんなに放蕩してもいい。いい物を書いてさえ呉《く》れれば、僕達はグウの音も出さないんだ。」と、雄吉は細木に云《い》ったことがある。

河野の生活が、だんだんその調子を狂わしてからは、雄吉たちとの交際も、だんだん疎遠になって来た。夕方の五時からは、どんな所用があって、尋ねて行っても、在宅して居ることは、殆どなかった。

「河野の所へは、何時行っても居ない。」と、雄吉たちは口々に云い合った。家に居ないことまでが、何も河野に、道徳的責任がある訳でもないのだが、幾度も重って居る中には、そう云う事からしても、妙な感情上のコジレが出来かけて居た。

其中《そのうち》に、河野は雄吉などの連中とは、全く違った遊び友達を、作って居た。

「君達は、酒が飲めないから、駄目だよ。僕にはやっぱり、飲み友達と云ったようなものが必要だよ。」と、河野はよくそれを弁護した。又、人が好《よ》くて、我を出さないで、殊《こと》に酔うと、益々無邪気になる河野は、誰にでも友達として、直ぐ受け容れられて行くのであった。

「あの連中との交際は、第二義第三義の交際だよ。君達がやっぱり第一義だよ。」と、河野はそんな事を云《い》った事もある。が、然《しか》しそうは云うものの、河野がだんだん今迄《まで》の友達と放れ、新しい――同時に交際の興味も新しい――友達に、親しみかけて居るのは事実だった。相対する高台と高台とに、住んで居ながら、河野は雄吉を尋《たず》ねて来ることなどは、殆どなかった。何時行っても不在なので、雄吉の方から、訪問する気も起らなかった。

今年になってから、仲間中丈《うちだけ》で、組織して居る会で、雄吉達は久し振に河野に会った。河野の生活に対する非難が銘々の心の中で、白熱して居た。河野は、入って来た時から、険悪な空気に包まれて居た。細木と藤田とは、つい妙な話の機《はず》みから、河野に対する平生《へいぜい》の非難を、口に出してしまった。それは、蔭《かげ》で云って居る河野の悪口のホンの余沫が出たのに過ぎなかった。それでも、河野には可《か》なりの致命傷であったらしかった。雄吉は、蔭では河野の悪口を真先に云って居る癖に、いざと云う場合になると、一口も云えなかったことが、恥しかった。誰に対してもいい子だと思われたいと云うような、利己的な心持から、黙って居たのではないかと、自分で恥しかった。やっぱり、細木や藤田などの方が、ああした直言をするほど、自分などよりも、河野に対して、熱誠を持って居るのだ。何も云わないで、黙って居た自分が、河野に対して、一番冷淡なのではないかと思った。

が、兎《と》に角《かく》、偶然の機《はず》みから、少しは場所柄がよくなかったにしろ、河野に対する苦言が与えられたことを、欣《よろこ》ばずには居られなかった。あれで、少しでも河野の生活が、引きしまって呉《く》れればいいと思った。が、そう思ったのは、雄吉の空しい望であったことが、直《す》ぐ判った。

河野は、細木や藤田などの忠告を『友達が悪い。』と云うように、うすっぺらに解釈して新しい友達の今井などに云ったので、今井などは細木や藤田などに対して、悪意を持つようになったと云う事実を、雄吉は新聞のゴシップで知った。それを知った時に、雄吉は河野に対する最後の愛想を尽かさずには居られなかった。

細木や藤田などの、河野の生活の根柢《こんてい》そのものに触れた非難を、小学校の生徒同志の忠告か何かのように、『誰それさんと遊ぶな。』と云うように解釈して、しかもその誰それさんに、直《す》ぐ云い付けに行く態度を、憤慨《ふんがい》せずには居られなかった。

交友が悪いと云うような忠告は、小学生少くとも中学生、大負けに負けて、高等学校の生徒迄《まで》位に対してのみ、与えられるべきものだ。もう三十にも近く、創作でもしようと云う人間で、友達の善悪などが問題になるものかと思った。みんな自分自身の問題ではないか。自分の生活の心臓に、指し向けられた非難を、正当に受け入れる勇気がなくて、それを罪も報《むく》いもない遊び友達に指し向けようとする河野の男らしくない弱者の態度を、雄吉は賤《いや》しまずには居られなかった。こんな事は、自分自身の腹の中で、グッと堪《こら》えて居ることではなかろうか、それを自分一人では辛抱が、しきれなくて、遊び友達を非難の渦中に捲《ま》き込んで、彼等に縋《すが》り付くことに依って、細木などの忠告から受くる淋しさや苦悶《くもん》を、免れようとして居るらしい河野の弱さを、雄吉は賤しまずには居られなかった。それと同時に、用でもなく、満更《まんざら》知らない仲でもない今井などと、細木や藤田などの間柄を、傷《きず》つけるような河野のやり方を、雄吉は心の中で可《か》なり烈しく非難した。

細木などの苦言を受けて、全く悄気《しょげ》て居た河野には同情した雄吉も、こうなっては少しの好意も残って居なかった。彼のやり方を詰責する手紙を送ってやろう。その為に河野との友情が害われても仕方がない。何うせこんな調子で、推移して行けば、早かれ遅かれ、おしまいには破れてしまうのだからと思った。

が、雄吉がそうした手紙を書こうと思って居た時であった。雄吉は、河野から、こんなハガキを受け取った。

○○座の一行と川越に来て居る。今日一座の者と一緒に町廻りをした。ふと、振返って見ると、僕の乗って居る車にも、河野秀一と云う旗が立って居るのには駭《おどろ》いた。

と云う簡単な文句が、書いてあった。雄吉は、之《これ》を見た時、『河野らしい反抗だな。』と思った。

『君達が、忠告すればするほど、ダラシなくなってやるのだ。田舎の役者と一緒に町廻りなどをすれば、君達は又鹿爪《しかつめ》らしく非難する事だろうよ。』と云ったような河野の棄鉢《すてばち》的な反抗が、マザマザと見え透いて居るように思われた。雄吉は、河野の気持が、こんなにこじれてしまって居る以上、詰問などをしても、甲斐《かい》がないことだと思った。その儘《まま》に思い止まることにしてしまった。それに河野は川越から帰ると、又直《す》ぐ大阪の方へ遊びに行って、其処《そこ》から又『俺は大《おお》いに遊んで居るよ。』と云うようなハガキをよこした。それで、大阪から帰る汽車の中で、風邪を引いたにも拘《かか》わらず、帝劇の初日に可《か》なりの発熱を感じながら、見に来て居たと云うような噂を、其後誰からともなく、雄吉は聴いて居た。

「あの人は、ああした賑《にぎ》やかな場所へ来ることが、何よりも好きらしいな。この頃は、自分の家などには、淋しくて居たたまらないらしいのだよ。この間の初日なども、河野君にとっては、別に顔出しをしなければならない訳はないのだが、それでも顔を出さずには居られないんだね。」と、その男は附け足した。

＊

こうした心持で居たから、雄吉は雄吉達の友達である鳥井の結婚式があると云う日の午前に、河野から、

『流行性感冒にかかり、昨夜以来、発熱四十度、今日の鳥井の結婚式には、とても出

られない。鳥井によろしく云《い》って呉《く》れ。』

と云う速達のハガキ――それも誰かの代筆らしいのを、受け取った時、友人の急な重態に駭《おどろ》くのと同時に、心の底の何処かで『いい気味だ。』と、云うような気がするのを、何《ど》うしても打ち消すことが出来なかった。自分達の河野の生活に対する非難が、こうした偶然の出来事に依《よ》って、代弁されるようにさえ思った。無論、河野の放恣《ほうし》な出《で》鱈《たら》目《め》な無検束な生活が、直接には発病の因を、成しては居なかったろう。が、雄吉は、若し河野が一月ほど前に、細木や藤田などが与えた苦言を幾らかでも聴いて、もっと慎ましい秩序のある生活をして居たならば、こうした危険な病勢などを、未然に防ぎ得ただろうと思わずには居られなかった。

『あの忠告は、本当に時宜的忠告《タイムリイアドヴアイス》だった。今度のことで、少しは思い知るがいい。』

と雄吉は思って居た。

二

お互の感情が、どんなに荒《すさ》んで居たとしても、それは、河野が壮健で跳ね廻って居る時のことで、生命の危険さえ伴って居る病気になっては、見舞に行かないと云う訳には行かなかった。

鳥井の結婚式が済むと、雄吉は細木と連立って、下谷の河野の家を尋《たず》ねた。

取次に出た河野と同じように、人の好いお母さんの真蒼な顔には、背負い切れぬ心配が、満ちわたって居た。二三日櫛《くし》を入れないらしい髪のほつれ毛が、一層この年とった母親を、いたましく見せて居た。子供の危い生命を、全身で縋《すが》りついてでも、取り取めようとするような此《こ》の母親の姿を見ると、雄吉は悲哀と敬虔《けいけん》と尊敬とが、交って居るような心持で、いたいたしく見詰めずには居られなかった。

「ほんとうに、何《ど》うなる事かと心配して居ます。熱が昨日《きのう》から、ちっとも下らないので御座《ござ》います。それに、秀一は常から心臓が、わるいもので御座いますから、本当に何《ど》うなる事かと心配して居ます。」

お母さんの低い声は、低いながらに、小さく顫《ふる》えて居るようにさえ思われた。

「何方様も、玄関でお断りして居るのですが、秀一に訊いて見ますから。」

そう云って奥に入ったお母さんは、座敷に寝て居る河野に訊いて居るらしかった。痰がからんだような河野の低い声が、かすかに聞えた。再び、顔を出したお母さんは、

「お目にかかりたいと申して居ります。」そう云って、雄吉たちを、病室へ案内して呉《く》れた。

雄吉は、河野には、一月も逢《あ》って居なかった。が、健康であれば、少しも変っては居ない筈《はず》の河野が、殆ど別人のように、蒼ざめた顔をして、氷嚢《ひょうのう》を頭に載せたまま、

死人のように床の上に横《よこた》わって居た。

『ああ死相が現われて居る。』雄吉は、心の中でそう思った。いつも、赤みがかって居る河野の顔には、あの臨終の人にありがちな黒い陰翳《いんえい》を持った青みが、塗り付けたように、漲《みなぎ》って居た。唇は紫色にかわって居た。河野がいつか、俺の眼は澄み切って居るだろうと、自慢して居た眸丈《だけ》が、明るい電燈の光のもとに、ますます澄み切って居るように思われた。その顔は、河野の半生には、夢にも見られないような清浄さと、けだかさとを供えて居た。雄吉と細木との顔を、上目を使って、ジロリと見た河野は、「ありがとう!」と、口の裡で微《かす》かに云って、何か云い続けようとしたが、咽喉へからんで居る痰の為だろう、苦しそうに咽喉元を、顫《ふる》わしたまま、何も云わなかった。

雄吉も細木も、病気見舞と云ったような、ありふれた御座なりを、友達が瀕死の場合に云うのは、如何《いか》にも空々しく見えるので、何も云わないで黙って居た。

が、常にない河野の、神々しいと云ってもいいような顔を見て居ると、河野の過去一年の凡《すべ》ての行為が、今度の病気に依《よ》って、スッカリ浄化されたように思われて、河野に対して懐いて居た感情のこじれを、悉《ことごと》く忘れはてようとして居た。十年に近い間、いろいろさまざまな生活を、一緒にして来た友達に対する、純な感情がしみじみと、蘇って来るように思った。

雄吉は、その晩自分の家へ帰る道で、この瀕死の友達のために、出来る丈《だけ》の事をしてやらねばならないと思った。

河野が、病気になったに就《つ》いて、一番困まって居ることは、やはり金ではないかと思った。新聞小説を書いて得た収入は、入るに従って散じてしまったようだし、その小説を出版して得る印税は、前借までして使って居たし、その上、河野は最近になってから、急に身の廻《まわ》りの物を、整え初めて、身分不相応ではないかと思われるほど、立派な洋服と外套《がいとう》とを、新調して居たし、雄吉の考では、借金こそあれ、余分の金は、一文もないようにさえ思われた。殊に河野が倒れて居る以上、月末に入る原稿料などは、一文も入って来る筈《はず》はないのである。

雄吉は、友達同志で醵金《きょきん》して、せめて百円か二百円かの纏《まとま》った金を、河野の為に蒐《あつ》めてやろうと思った。が、実際その積《つもり》で、蒐《あつ》めかけて見ると、雄吉ほど気乗りのしない友達を見出したり、友達の中に河野同様悪性感冒にかかる人が出来たりして、思ったほど手軽に纏《まとま》りそうもなかった。

それで、到頭《とうとう》その方は思い切って、先輩や友達仲間の傑作選集を出版して、その印税を河野に贈ることにした。その方法は、誰にも大した迷惑をかけることなくして、纏《まとま》った金を作り得る簡易な方法であった。自分の古い作品の中から、著作集にも入れてしまったものの中から、選集のために、一篇を割《さ》くと云ったことは作家に取っては、ただ一寸した好意丈《だけ》で出来る事だったから。

河野の病気は、危篤《きとく》と云っても、いい位な重態のままで、四五日の間持ち合って居た。医者は、弱い心臓を保護するためのあらゆる手段を尽くして居るらしかった。

そうした危険な河野の重態を、憂慮《ゆうりよ》しながらも、雄吉は細木と相談して、選集を出す計画を進めて居た。この選集で得られる印税が、河野に対する香奠《こうでん》になるのではあるまいかと思うほど、河野の病状は険悪であった。

丁度《ちようど》、その頃であった。

雄吉は、ある日突然吉岡の訪問を受けた。吉岡は河野とは可《か》なり親しかったが、雄吉とはまだ友達とは云われない位な知合であった。お互に訪問したり、訪問せられたりする程の、親しい間柄ではなかった。

従って、雄吉は此《この》場合、吉岡の訪問を一寸《ちよつと》意外に思わずには居られなかった。

「いや! 一寸《ちよつと》失礼するよ。一寸君に相談する事があってね。」と、吉岡は出迎えた雄吉にそう断りながら、二階に通った。

吉岡は、座に着くと、ロクロク落附《おちつ》きもしない裡《うち》に、

「いや、実は外から一寸、聴いたのだがね。河野君が、病気のために金に困って居るらしいので、君たちが河野君のために、金を蒐《あつ》めて居ると云うような事を聴いたが、本当かね。」と、やや性急だと思われる位口早に訊いた。

雄吉は、吉岡が何のためにそんな事を、訊くのだか分らなかったが、多分吉岡自身応分の金を出して呉《く》れるのだろうと思ったので、

「蒐《あつ》めようと云う計画もあるのだが……」と、答えた。

吉岡は、一寸《ちょっと》云い出しにくそうにして居たが、

「話が可《か》なり突然になるのだが、実はS家でね、若《も》し河野君が金に困って居るのなら、療養費は幾らでも出そうと云うのだがね。実はそれで、先刻《さっき》河野君の家へ行ってそれとなく様子を視《み》たのだが、人事《じんじ》不省《ふせい》同様で誰にも会わせられないと云うから帰って来たのだ。それで、君が一番適任者だと思ったから、相談に来たのだが、一体何《ど》うしたものだろう。」と、吉岡は持前の、明快な口調で、早口に云った。

雄吉は吉岡の云うことを、何気なく聴いて居る中に、それが思いがけなくも、可《か》なり重大な問題であるのに、気が付いて、緊張せずには居られなかった。

雄吉は、河野の代理として、こうした恵与を、受くるべきか、斥くべきかの判断をする、重大な責任を感じた。

表面丈《だけ》から云えば、S家は河野の愛に背き去った恋人の家ではあるにしろ、二年前に死んだ主人と河野とは、先《ま》ず師弟と云ってもよい間柄であったのだから、S家で河野の急場を救うと云うことは、そう大して筋違いのようではなかった。が、然《しか》し――問題はそう簡単ではなかった。

河野とS家とは、お互に義絶の通知をこそしないけれど、今では可《か》なり烈しい確執を懐き合って居る間柄だった。河野はS未亡人の約束の破棄を恨んだような、それに報ゆるような意図を蔵して居る作品を、昨年以来幾つも発表して居た。

そうした不和な間柄でありながら、河野の大病を聞き知って、金を出そうと云う、それは今迄《まで》の行きがかりを悉《ことごと》く忘れて、河野が作品の中で、示した反抗的な復讐的な態度を、少しも意に介さないで、敵を愛すと云ったような、恩を以《もっ》て怨《あだ》に報ゆると云ったような、美しい純な心の発露であるかも知れなかった。が、然《しか》し——と雄吉は思った。善意に解釈すれば、如何《いか》にも美しい事には違いないが、ホンの少しの邪推を、交えて考えると、それが、全くアベコベに考えられないことはなかった。今迄《まで》、自分に刃向って来た敵が、窮状《きゅうじょう》に落ちて居るのを見済まして、のっぴきならぬ救助を与えて、敵の今後の反抗をいや応なしに、封じてしまうと云う、卑怯な邪《よこ》しまな意図が働いて居ると、考え僻《ひが》められないことはなかった。

雄吉は、無論S家の動機が、凡《すべ》ての行きがかりを捨てた純な厚意から、出て来るのだと信じたかった。が、然《しか》しその動機は、善悪孰《いず》れにもせよ、ああした確執を結んで居る間柄でありながら、相手が如何《いか》に大病で死にかかって居るにもせよ、如何《いか》に金に困って居るにもせよ、金を与《や》ろうかなどと云う申出は、それがどんなに至醇な動機からであろうとも、相手に対する可《か》なり重大な侮辱《ぶじょく》を、意味しては居ないだろうか。お互に憎んで戦って居る相手から、そうした申出を示された時、少しでも気概のある男であったら、オメオメと受けるだろうか。若《も》し雄吉が河野であったならば、そうした救助の手を、憤然として払い除《の》けるに、躊躇《ちゅうちょ》しないと思った。払い除けるばかりでなく、相手のそうした侮辱に対し、相当な復讐をさえ企図するかも知れぬと思った。

吉岡は、雄吉が黙ったまま考えて居るのを見ると、説明をするように語を次いだ。

「僕は、河野君にそれとなく話して見ようと思ったのだが、何しろ人事不省《じんじふせい》に近いことだし、そんな話をして、激動《シヨツク》を与えては悪いと思ったから、黙って帰って来たのだ。何なら、河野君に対しては、S家の名を云わなくてもいいのだ。ある特志家が河野の窮状《きゅうじょう》に同情して、金を出すと云う名義でいいのだが、何《ど》うだろう。」と、吉岡は雄吉の返事を促した。

雄吉は決心して云った。

「僕は不賛成だね。S家の厚意は感謝するよ。そして、その心持も判らないことはないがね。が、然《しか》し兎《と》に角《かく》、ああした関係になって居るんだろう。まあ、義絶と云ってもいいだろう。若《も》し、そうした救助を受けて置いて、もし人事不省で居る河野が恢復《かいふく》して、俺はS家の厚意なんか死んでも受けるのじゃなかったと云ったら、取り返しの付かないことになると思うのだ。又、河野としては、当然そうなければならないと、僕は信ずるのだ。従って、彼奴《やつ》が生きて居る裡《うち》は、そうした金はお断りしたいと思うね。然《しか》し、死ねば別だよ。ああ云う重態だから死ぬかも知れぬと思うが死んだ時香奠《こうでん》として下さるのなら、僕は河野の代りに、欣《よろこ》んで受けようと思うのだ。死ねば、ああ云う行きがかりも消えてしまう事だし、あのお母さんをよくして上げるのには、少しでも金が沢山あった方がいいと思うから……」と雄吉は実際河野の死んだ場合を予想しながら云った。

「が、然《しか》し生きて居る中《うち》は、お断りしたいね。河野が貰うと云っても、僕は忠告して止めさせたい位だ。まして、僕が、人事不省で居る河野の代りに、貰《もら》ってもいいとは何《ど》うしても云われないね。」と、雄吉は可《か》なり真剣になって云った。そして、瀕死《ひんし》の親友のために、立派に正当に、代理を務めてやって居るのだと云う感激をさえ、感じて居たのであった。

「それに、万策が尽きてしまって、金の出所が少しもないと云うのなら、兎《と》も角《かく》だが、河野が金に困って居るのだろうと云う事も、僕達の老婆心から出た推測で、河野が自身で金に困ると云った訳じゃないんだ。もし亦《また》困って居たにした所が、友人もあることだし、親類もある事だし、S家の世話などになる前には、僕達で出来る丈《だけ》の事をしてやるのが、当然ではないかと思って居るのだが。」と、雄吉は云いつづけた。

吉岡は、雄吉の謝絶を、あまり感情を害さないで、割合平静に聴いて居たが、

「ああそうかい、いや！　よく判ったよ。僕も最初から何うかと思って居たのだ

が。」と、穏やかに受け入れた。

雄吉は、此事《このこと》を病床に居る河野に、聴かせたら、きっと憤慨するに違いない。此方《こちら》の弱身につけ込んで、侮辱的恩恵を施《ほどこ》そうとするのだと云って、Ｓ家の態度を憤慨《ふんがい》するに違いないと思った。そして、雄吉が河野の代りに、敢然《かんぜん》として、此《こ》の申出を謝絶したことを必ず感謝するに違いないと思って居た。

「それで、君達で金を蒐《あつ》めようとして居るのかい。」と、吉岡は暫《しばら》くしてから訊いた。

「いや、金を蒐めようと思って居たのだが、金だと十円にしろ二十円にしろ、一寸《ちょっと》苦痛を感ずる人もあるだろうから、僕達の仲間の傑作選集と云ったようなものを、出そうと思って居るのだ。それなら、誰にも迷惑をかけないで、済む事だから。」

「そりゃ名案だね。」と、吉岡は可《か》なり感心したように云った。「金なんか貰ったり、やったりして居ると、後々喧嘩なんかした時に、お互に不快だからね。選集はいいよ、それに君達のものなら引き受ける本屋はあるだろう。」と、続けた。

雄吉は、吉岡が不用意の裡に犯して居る自《じ》家撞着《かどうちゃく》に、気が付かずには居られなかった。それと同時にそれに依って自分の取った態度を、更に肯定されたように思った。吉岡は、将来万一起るかも知れない不和の場合を恐れて、友人間の金の恵贈を、避けたらいいと云うのだ。所が、河野とＳ家との不和は、ホンの僅《わず》かな可能性をしか、持って居ない将来の事ではなくして、厳として眼前に横わって居る事実なのだ。将来の万一の不和を怖れて、金の恵贈を避けると云うのなら、その何百倍何千倍の強さを以《もっ》て現在の不和のために、金の恵贈を避けるべき筈ではないかと思った。憎んで居る相手から、金を受けると云うことは、恩恵や厚意を受くることでなく、一つの侮辱を受くることではないか、と雄吉は思った。吉岡も本心では、此《こ》の申出の不合理に、気が付いて居るのだが、S家に対する義理の為に、仕方なく行動して居るのだと思った。そう思うと、雄吉は瀕死《ひんし》の友人のために、万人が認めて正当とする、処置を取ったのだと云う確信と、それから来る満足とを持たずには居られなかった。

＊

その中に、河野はだんだん恢復《かいふく》して行った。最初恐れられて居た心臓の弱さも、杞《き》憂《ゆう》であったことが判った。予後は、随分長くかかった。それでも、発病してから、三月目の初には、もう常人と変化しないほどの健康に、近づきかかって居た。その間雄吉は、吉岡から聴いた話を、河野に伝えなかった。河野に云えば、きっと不愉快を感ずるだろう、病気のために可《か》なり気を腐らせて居る時に、話してはならない、病床にある間は黙って居ようと思って居た。が、兎《と》に角《かく》、河野の代理にやったことだから、一応は河野に話して、その事後承諾を得なければならぬと思って居た。同時に、河野からの感謝を得たいという心持もあった。

ある晩、河野は珍らしく雄吉の家を尋ねて来た。もう夏の初であるのに、まだ外套を着て居た。

「夜外出して見たのは、今日が初てなのだ。もう大抵大丈夫だと思ったから、試験的に君の家まで来て見たのだ。」と云った。

もう全くの健康だった。少し位いやなことを聴いても、ビクともしないような感情と身体とを、取り返して居るように思われた。雄吉はもう話してもいいと思った。

世間話が一寸《ちょっと》途切れた時に、雄吉は心持言葉を改めながら、

「君、今だから話すがね。君が人事不省だった二月の二十日頃の事さ。吉岡が僕の家へ突然やって来てね、何の事だろうと思うとね、S家で、君が金に困って居るようなら、いくらでも出そうと云うのだ――」こう云いながら、雄吉は河野の顔を見た。河野は、顔を赤くしながら、可《か》なり緊張した顔付で、雄吉の顔をじっと見詰めて居た。

「無論、僕は断ったよ。君の代りに敢然《かんぜん》として断ったよ。僕は、可《か》なり君を侮辱して居ることだと思うのだ。下品な言葉で云えば、金で面《つら》をはる、と云ったようなやり方じゃないかね。そう此方で思われないこともないからね……」

と、雄吉は河野の憤慨《ふんがい》を唆るように、自分自身興奮してしまった。

「僕は、少し怪《け》しからんことだと思ったんだ。よくもそんな事を云って来られたと思

ったんだ。今更、そんなことを云って来られる義理じゃないんだろう。」と、云いながら雄吉は、河野がきっと烈しい憤慨を洩《も》らすだろうと待って居た。が、河野は雄吉の予期とは、全く違って居た。彼は、顔を一層赤くしながら、俯《うつむ》き加減に、じっと畳の上を、見詰めて居たようだったが、その眸は湿《うる》んで居るようにさえ、雄吉には思われた。暫《しばら》くすると、やっと、顔を挙げたかと思うと、

「君はそう憤慨するけれども、先方はそう悪意でやった事じゃないよ。」と、云って、遉《さすが》に、自分自身の弱さを恥じるようであった。が、その顔には、ある感激さえ認められた。

雄吉は、自分が壁だと思って突き当って行ったものが、ヘナヘナと崩れてしまったような拍子抜けを感じて、暫《しばら》くは茫然《ぼうぜん》として河野の顔を、見詰めて居た。そして心の裡では、急に方角を見失った男のように、ボンヤリとしてしまった。

雄吉が、若《も》し河野であったならば、どんなに憤慨したかも知れないような侮辱《ぶじょく》を、河野は憤慨どころか、ある感激を以《もっ》て、受け入れて居る。河野自身が『怪《け》しからない事だ。』と云うて、憤慨するところを、第三者の雄吉が、マアマアと云って和《なだ》めるべき筈《はず》のものが、丸切りその反対になって居る。雄吉が、考えれば、可《か》なり重大な侮辱だと思うことを、河野はそうは思わない。相手の行為に潜《ひそ》んで居るかも知れない悪意などは、全く無視してしまって、善意だけを出来る丈汲《だけく》もうとする。あれほどS家に

対して恨みを懐いて居るような事を云いながら一寸《ちよつと》S家から好意――それも、ああした関係に於《お》ては侮辱と思われる――を示されると、平生の意地も恨みも忘れて、先方の好意丈《だけ》を感ずる。何と云う意気地なしだろうと思った。何と云う弱さだろうと思った。が、弱さがこうまで、雄吉は之迄《これまで》の河野の弱さは、大抵軽蔑したり冷笑したりして来た。が、弱さで、行って居ると、徹底して人間ばなれのした、人間の普通の感情では、律せられない所まで、行って居ると、頭から軽蔑することは出来なかった。河野の徹底した弱さ、人から蹂《ふ》み躙《にじ》られながらもまだ蹂みにじる足の中《うち》から、何かの好意を、見出そうというような心持は、弱さが徹底して無辺際の愛と云う所まで行って居るのではないかと思った。従って、河野は人間として雄吉のような、普通の感情や道徳で、行動して居るものよりは数段かけはなれた高い所に居るのではないかとさえ思った。そう思うと、雄吉は自分の感情で、河野の弱さを、メチャクチャに冷笑して居た自分が、不安にならずには居られなかった。それと同時に、河野の際限のない弱さに対して、尊敬に似たある心持を懐《いだ》かずには居られなかった。

雄吉は、予期した通に、河野から承認や感謝を、得られなかったことに、軽い失望を感じながらも、自分の前に、じっと俯向《うつむ》いて居る河野の顔を――十年近くも見馴れて居る顔を、別人を見るような目新しい心持で、暫くは見詰めて居た。そして心の裡で『神の如き弱さ《デイヴアイン・ウイクネス》』と云う言葉を、何時《いつ》の間にか思い浮べて居た。

簡単な死去

十二月も、ずっと押し詰まった頃だった。新聞社の仕事は段々少くなって居《い》た。年末の休刊が近づいて居た。何事も新年になってからの事だ、年内はいくら働いても知れて居る、怠けてやろうと云う心が、皆《みんな》の肚の中にあった。その上、一年間の烈《はげ》しい生活を振り顧ると、ものうい倦怠《けんたい》が、皆の心を襲った。またそうした烈しい仕事の一年を迎える為に年末の目こぼしの四五日を、のんきに過してやろうと、銘々に思って居た。官庁詰の記者達は、官庁が御用納《ごようおさめ》になったので、十一時頃から、社へ顔を出したまま何もしないので、編輯室《へんしゅうしつ》でウロウロして居た。

雄吉も、十一時頃に社に出てから、三時頃まで割当られた仕事が何にもないので、時間を潰《つぶ》すために新聞の綴《と》じ込みを読んだり、原稿紙に冗書《むだがき》をしたり、取止めもないことをして、四時の来るのを待って居た。四時が廻ったら、何《ど》うせ用事もないのだから早く帰ってやろうと思った。

編輯室《へんしゅうしつ》に居る人達も、皆同じ心でいたろう。昨日、月給と賞与とを貰ったばかりの、皆の懐《ふところ》は温かだった。家庭を持って居る者は、お正月の用意の為《た》め、買物のことなどを考えて居ただろう。そうでない者も、皆早く帰って温い火気と、温い食物とを摂《と》ることを考えて居ただろう。広い編輯室《へんしゅうしつ》にただ一つしかない煖炉《ストーブ》は、煙突の工合が悪い為に先刻《さっき》から、燻《くす》ぶってばかり居た。室内でも外套を脱がない者が、二三人あるほど、寒さが烈《はげ》しかった。朝から小雨の降って居る戸外には、風が出たのだろう。バラバラと雨滴《あまだれ》が、硝子《ガラス》窓を打ち始めた。

雄吉は所在なさに立ち上って、図書室へ入って見た。目新しい本は、少しもなかった。どの本もどの本も手に取って見る丈《だけ》の好奇心をも、雄吉の心に喚《よ》び起さなかった。

雄吉は、また踵《きびす》を返して図書室を出ようとした。丁度《ちょうど》、その時であった。編輯室の方からニコニコ笑いながら、やって来た同僚の川崎が、

「おい！　木村君！　駭《おどろ》くことがあるんだよ。」と云った。何か新聞の特種になるような大事件が、起ったのではないかと雄吉は、一寸《ちょっと》考えた。それにしては、川崎はちっとも職業的の興奮を示して居なかった。

「駭《おどろ》くことって、何か大事件でも起ったのか。」

「いや新聞に関係のない事だ。が、驚くことなんだ。」と、川崎はニコニコ笑いなが

ら嫌に落着いて居る。

「何だか云って呉《く》れ給《たま》え。どうせ君の云うことだから、高は知れて居るが。」

「いや聴けば君だって、驚くよ。沢田君が死んだよ。」

「ええッ、沢田君が。そりゃ驚いたなあ。一体何時《いつ》死んだんだ。」

「そら見給え！　君だって、驚くだろう。今日の午前四時に死んだって。」と、云いながら川崎はこの突然な驚駭《サアプライジング》な報告を、享楽でもして居るように、ニコニコ笑って居る。雄吉は、常から川崎をあまり好かなかった。それに、川崎が沢田を、隠黙の間に排斥《はいせき》しようとして居ると、云ったような噂を誰からともなく聞いたことのある雄吉は、今川崎が沢田の死去の報知《しらせ》を、笑いながら雄吉に知らした心持に、不快な疑いを挟《さしはさ》まずには居られなかった。

それかと云って、雄吉も沢田の死去を知って、悲しいと思う心は、ちっとも起らなかった。

「そりゃ驚いたなあ。全く意外だな。」と、云った雄吉は、川崎と同じように、変テコな微笑さえ浮んで来るのを感じた。

「やっぱり、流行性感冒だって、つい四五日前まで社に来て居たのだ。僕は休んで居ると云う事さえ知らなかったのだ。」川崎はまだ、驚きの心持に停滞して居て、少しも悲しもうとはしない。

あの元気のいい、調子外ずれの気焔《きえん》家の沢田、少しでも自分より位置のよいものを重役と呼んで、常に皮肉たっぷりの不平を洩《もら》して居る沢田、愚《ぐ》にも付かない駄洒落《だじゃれ》や警句などを云って得意になって居る沢田、それが何の前触もなく、突然に死んだこと、それは雄吉の心にも、妙な上すべりの驚駭丈《だけ》を起して、ちっとも気の毒だとか、悲痛だとか云う心持を起さなかった。

『ああそうそう、俺と議論をした晩が、社に来た最後だったかも知れないな。』と、雄吉は思った。それは、丁度《ちょうど》四日前の晩だった。その夜は、雄吉が、夜の編輯《へんしゅう》をする晩に当って居た。沢田はその晩当直に当ったと見え、受持の市役所の用事を済せると、六時頃に社に出て来た。

「何か面白い事でもありますか。」と、雄吉の机に掩《おお》いかぶさるようにして、挨拶がわりのように云うと、直《す》ぐ雄吉の隣の椅子に腰をかけたまま、その日の夕刊を見て居た。

「ああ武者小路實篤《むしやのこうじさねあつ》の『新しき村』か。」と、沢田は夕刊の何れかに『新しき村』に就いての消息を見付けると、こう大声で云ったかと思うと、

「『新しき村』なんて、人気取りの為の奇行ですな。文士や小説家などと云うものには奇抜なことをやって、人気を取ろうと云う傾向があっていかん。『新しき村』なんて、小説家や文士などの足腰の弱い連中が、百姓をしたって、何が出来るもんか。」

と、続けて云った。手当り次第に何にでも、皮肉を云うたり悪口を云うのが、沢田の癖だった。そうした沢田の皮肉や悪口の聴手になっても、雄吉は一度も、それを反駁したり相手にしたりすることはなかったのだが、その晩は沢田の悪口の対象が、余りに雄吉に近かったので、雄吉は思わずムカッとしてしまった。

出鱈目《でたらめ》にも無理解にも、程《ほど》があると思った。武者小路氏の『新しき村』を、単なる人気取りの奇行にしてしまって居る沢田の考えが、馬鹿馬鹿しくって、相手にもなれないと思ったが、それでも、何《ど》うしても聞き流せなかった。

「沢田君は、武者小路のものを何か読んだことがありますか。」と、雄吉は少し興奮して訊いた。

「いやありません。」と、沢田は横柄《おうへい》に済して答えた。

「なけりゃ、あの人がどんな考で、『新しき村』をやって居るか解《わか》らないでしょう。」

「いや解って居ますとも。ああ云う連中のやる事位、ちゃんと解って居ますよ。」と、沢田は傲然《ごうぜん》として云った。

「貴君のような俗人には、誰のやることでも俗に見えるんです。他人が高尚な考えを以て、やって居る仕事を、何でも俗に解釈しようとするのです。そう云う人の考が、所謂《いわゆる》俗論です。」と、雄吉も思い切って云った。

「ほほう。俗論！　はは木村さんも、此《こ》の頃時々小説をかくから、『新しき村』の連中などとは一つ穴の狸《たぬき》ですな。」と沢田は雄吉の方を真面《まとも》に見ながら、嘲笑《ちょうしょう》した。雄吉も相手になったのが、少し馬鹿馬鹿しくなった。同僚ではあるものの、思想的には丸切り別な世界に住んで居るのだ。そんな男の云うことを気にかけたのが悪かったのだとも思った。

「十月号の『×××』で読みましたが、木村さんも中島孤舟に会っちゃ、台無しですな。あれも、やっぱり俗論ですか。ハハハハハ。」と、沢田は雄吉に、俗論と云われたのが、余程《よほど》癪《しゃく》に触ったと見え、続け様にこう云った、雄吉は中島孤舟と云う男を、文壇の入口に、ウロついて居る番犬のように、新しい作家が入って来ると、必ず一度は吼《ほ》えかかる批評家だと思って居たから、此《こ》の男の全否定的な批評も余り、気にはかけては居なかったが、文壇の事情を丸切り知らない沢田などが、中島孤舟の為に雄吉が、余程やっ付けられたように思って居るらしいのが、可《か》なり不快であった。それでも、雄吉は何とも、返事をしなかった。沢田は、雄吉が黙ってしまうと、全然雄吉を圧倒してしまったように追撃戦に移って来た。

「木村さんは、僕を俗人だと云うが、貴君も仲々俗才がありますね。此間の社会部会議の時なども、貴君が陰で糸を引くものだから、平素よりも余程《よほど》揉めましたよ。」と、沢田は雄吉が思いも寄らないような非難を云い始めた。その時の会議に、雄吉は欠席した。新年号の原稿の締切日で、彼は仕様事なしに欠席したのだ。ただ森口と云う男が演説をした時に、雄吉の名を引合いに出した為に、沢田は雄吉が森口を使嗾《しそう》して、演説をさせたように取って居るらしかった。雄吉は、叶わないと思った。雄吉は、沢田の鋭鋒を避ける為に、自分の席を立って、図書室の方へ行った。心の裡は、やっぱり不快であった。相手が、単なる解らず屋で、悪口にも皮肉にも、そう大した根拠のないことは、判り切って居たが、それでも不快になった心持を、何《ど》うする事も出来なかった。

雄吉が、十分ばかり図書室で過して、もう余燼《ほとぼり》がさめた頃だと思って、帰って見ると、沢田は雄吉との、いさかいなどは、ケロリと忘れてしまったように、自分が計画して居る新事業に就《つい》ての気焔《きえん》を吐いて居た。

「ねえ、木村さん、貴君も僕の事業に一口入って下さい。貴君なんか、それでも社会部の重役だから、長い間辛抱して居る裡には、見込もあるが、僕なんか追い廻しですから、今の裡に何かいい仕事でも見付けなけりゃ、四十面を下げて、外交記者をやって居る位、悲惨な事はありませんからな。それで、僕が計画して居る事業と云うのは、東京納骨堂株式会社と云うのですがね。名称は少し変だけれども、内容は仲々真面目なものですよ。僕は、東京市内に一大納骨堂を建てようと云う計画なんです。資本家なら墓地の心配なんかいりませんが、我々貧乏人は生きて居る中に散々苦労をした揚句《あげく》に死んでからも、納骨の為に尺寸の土地もないと云う有様ですからな。その上、東京市の今の状勢では、地価は騰《あが》る一方で、貧乏人が墓地を獲ることは、段々難しくなって来るのです。殊《こと》に、我輩のような故郷を飛び出して居る風来人は、死んだって骨だけが迷いそうですからな。そこで我輩が、考えたのは納骨堂です。東京市内に一大納骨堂を建てて、一定の料金で遺骨を収める。むろん各宗各派の区別などはありません。それと同時に、附属葬儀場を設けて、貧乏人のために簡単に葬儀を挙げてやる。何《ど》うです。木村さん、いい考えじゃないですか。此間も市長に話したら大賛成だ、応分の助力をしてもいいと云うのです。五十万円位の株式にして、一つ大々的にやろうと思って居るのですが。」と、沢田は昂然《こうぜん》として説いた。雄吉は、此《この》男が僧侶上りであることを思い出すと、一寸《ちょっと》常人には思い付かない奇抜な考に感心した。が、この男が何時かも、今にも護謨《ゴム》会社を創《はじ》めるような事を云って居た事を思い出した。

「百円株でたった五千ですからな。知り合の市会議員の連中を、四五人勧誘すれば、訳はないですな。そうなると、我輩は差詰《さしずめ》常務取締役ですからな。」

「本当の重役ですな。」と、誰かが弥次った。

「設立の際は、木村さん大《おおい》に提灯《ちょうちん》を持って貰うのですな。」と、云いながら沢田は如何にも得意気に哄笑《こうしょう》した。

それは四日前の晩の事だった。その沢田が、わずか四日後に（それも正味に云えば満三日にもならない）死んで居る。あの突拍子の調子外《はず》れの沢田はやっぱり突拍子にポッカリと死んで居る。雄吉は、どんなに考えても、病床に苦悶《くもん》して居る沢田の面影は浮んで来なかった。市役所の記者倶楽部で納骨堂株式会社の気焔でも揚げて居るらしい沢田の面影《イメージ》しか浮んで来ない。迫って来る死を怖れて、死床に輾転《てんてん》して居る沢田の苦悶の幻影の代りに、皮肉な横柄な、その癖あまり悪気のない沢田の、平常の姿などが浮んで来た。同僚の死に対して、少しは感ぜられてもいい哀悼の心持が、少しも雄吉の心に浮んで来なかった。またそうした哀悼の心が、浮んで来ないことを、咎《とが》めようとする心さえ動かなかった。尤《もっと》も、沢田に対して雄吉が、友人としての親しみを少しも持って居なかった事も、沢田の死を少しも悲しめない原因の一つではあったけれども。ただ沢田の死に依《よ》って、今迄《まで》も可《か》なり怖れて居た流行性感冒の脅威を一段と深く感じたことは事実だったけれども、之れは紛れもなく自分の身を庇う心持であって、沢田の死を何《ど》う思うと云う心持ではなかった。

編輯室《へんしゅうしつ》へ帰って来ると、雄吉の顔を見た部長の藤田さんは、椅子と椅子との間をすばしこく擦り脱けながら、雄吉に近づいて来た。

「木村さん！　沢田君が、急に死んだんですが、あの人は東京に親類のない人ですから、或《あるい》は社で葬儀や埋葬の手続をしてやらなければならないかと思って居るのです。」と、平素《いつも》のように早口で云った。遉《さすが》に藤田さんは、責任の位置にある丈《だけ》に、川崎のようにニコニコと笑っては居なかった。

「今、川崎君から聞いて驚いて居たところです。」と、雄吉は答えた。

「それで下宿で死んだのか、それとも何処かの病院で死んだのか、急な事で一寸《ちよつ》とも容子《ようす》が判らないものですから、山本君に下宿の方へ行って貰って居るのです。いずれ容子が判ったら万端の手続きをして下さい。御迷惑でしょうが貴君が主任になって。」と、藤田さんは一寸《ちよつと》気の毒そうに笑った。

「僕が主任ですか。」と、云ったまま雄吉も苦笑した。もう正月迄《まで》、僅《わず》か二三日しかない、これと云って用もない雄吉でも、何となく気忙《きぜわ》しい年末に、葬儀係の主任など云う役を、割り当てられては堪《たま》らないと思った。雄吉は前から社会部の幹事をして居た。改選期が、幾度来てもそのままになって居た。そして部長の藤田さんは、何か事件があると、思い出したように、雄吉を幹事扱いにするのであった。

「それで、今晩は誰か社会部を代表して、ゼヒ御通夜《おつや》に行かなけりゃならないと思うのですが、その人選も一つやって下さい。」と、藤田さんは云い足した。

「へえ！　お通夜ですか。」と云ったまま雄吉は当惑してしまった。こんなに年が押し詰まって居る上に、昼でさえ、寒気がしみじみと感ぜられる日に、夜通し死骸の傍で夜を明す、それも普通の病気で死んだのではなく、流行性感冒と云う可《か》なり伝染力の恐しい病気で倒れた人の死骸である。その上、先方に此方《こちら》のお通夜を心から感謝する親身の遺族でもあるのならば、まだお通夜のし甲斐《がい》もあるが、向うは単なる下宿屋の一室である。お通夜に、少しでも快く行く人があるだろうかと思いながら、雄吉はストウヴを囲んで話して居る同僚達の所へ行って見た。皆《みん》な、死んだ沢田の話をして居た。誰もが、宛《あた》かも社会部面に於《お》いて知名の人の死を取扱って居るのと、同じ程度の興味と冷静とで、沢田稲次郎の話をして居た。

「先生はよく口癖のように云って居た。俺の名と市長の名とは同じだから、俺にだって市長位の運は備わって居るんだって。」と、誰かが云うと、皆はハハハハハと哄笑した。

「いや、沢田君は気焔丈《だけ》は田尻市長以上だよ。いつかも、田尻市長の新任披露の時、精養軒で市役所出入《でいり》の記者を招待した時、沢田君が演説を始めてね、市長だとか助役だとか市会議員だとかの連中を前に置きながら、滔々《とうとう》一時間以上も喋べったよ。市政問題の各方面に亙って居る気焔《きえん》なんだ。その癖、剣幕丈《だけ》恐ろしくって、何を云ったのだか誰にも解らなかったのだ。遉《さすが》の市長も煙《けむ》に捲《ま》かれて居たよ。」と、川崎は面白げに話して居た。

「お通夜に誰か、行かなければならないのだが、沢田君と一番懇意にして居たのは誰だろう。」と、雄吉は傍から口を入れた。

お通夜と云う言葉を聞くと、皆《みん》なは急に今迄《まで》の笑い顔を隠してしまった。死と云うような重大なことでも、それが他人の事である以上、平気に噂話の種にして居られたのだが、お通夜となるとそれは他人の問題でなく、自分達に直接に降りかかって来る問題だったからだろう。

「社内でも、殆ど懇意《こんい》にした人はないだろう。一体僕などは、やって居る仕事の性質上、親しくなければならない筈なのだが、それで殆ど仕事以外の話をしたことはないのだからね。」と、川崎は真顔になって弁解のように云った。

「沢田君は、あれで仲々の皮肉屋だから、つまらない事で、人の感情を害して居るのです。」と、角田老人が云った。雄吉も、それには同感であった。彼は四日前の、沢田との一寸《ちよつと》した口争いを思い出した。雄吉はその為に、沢田の事は決して悪くは思って居なかった。しかし、此方から進んで何かしてやろうと云う好意は、一寸《ちよつと》湧いて来なかった。

「市役所の倶楽部の連中とも、折合はあまりよくなかったようですよ。何処《どこ》となく狷介《けんかい》な所があったです。」と、誰かが云った。

「誰かお通夜に進んで行こうと云う人はありませんかね。」と、雄吉は皆を見渡した。

「真平です。」と、江戸っ子肌の剽軽者《ひようきんもの》の吉田と云う男は、頭の上で右の手を振った。

「死んでも、お通夜の仕手もないとすると、友人と云うものも一寸《ちよつと》大事ですな。」と、雄吉は本当の感慨を以て云った。

「先生も、やっぱり死後の事を考えたと見えて、此頃しきりに、納骨堂株式会社の事を云って居たじゃありませんか。」と、角田老人が云った。

「ハハハ。納骨堂株式会社。」と、川崎が云うと皆は声を揃《そろ》えて笑った。

雄吉は、沢田に一人でも友人らしい友人があれば、その人にお通夜をさせてもいいと思って居たのだが、こう判って見ると、外の手段を取るより外はないと思った。

「それじゃ、仕方がないから籤引《くじびき》で定めるのですな。」と、雄吉は半ば宣告的に云った。

「籤引！　おやおや大変な事になりましたね。」と、吉田は頭を叩いた。

「忘年会の籤引ならいいが、此《こ》の籤引は閉口だな。ああそうそう、僕は藤田さんに頼まれた用事があったっけ。」と、云いながら、常に、横着者を以《もっ》て、許されて居る戸田は、机の上に放り出してあった外套を着ようとした。雄吉も、皆が籤引を嫌う心持を自分もピタピタと同感した。が、それかと云って戸田の横着を見逃しては、自分の責任が果せないと思った。

「君！　困るよ逃げちゃ、用事があるのなら籤を引いてから行って呉《く》れ給《たま》え。今直ぐ作《こしら》えるから。」と、雄吉は一寸《ちょっと》言葉を烈《はげ》しくした。

「いや、今晩僕は止むを得ない所から招待を受けて居るのだ。どうか、今日丈《だけ》は是非勘弁して呉れ給え、その代り葬式にでも何にでも出るよ。」と、戸田は本当に当惑したように頭を、二三遍ピョコピョコと下げた。

して云った。

「駄目駄目。絶対に駄目だ。そんな我儘《わがまま》は決して許せないから。」と、雄吉は断乎《だんこ》として云った。

「そうかなあ。今日は休むんだったなあ、まさか、今日あたりは、用事はあるまいと思ったから、ノコノコ出て来るとこんな目に逢っちゃった。」

「戸田さん、偶《たま》に出て来ると、そんなものですよ。」と、吉田が冷やかした。

雄吉はその間に籤《くじ》を作《こしら》えて居た。原稿紙を破って、十三本だけ作った。そこに居合わした記者の数は丁度《ちょうど》十三人だったから。もう、誰も沢田の噂などをする者はなかった。皆《みんな》が、一種の不安に襲われて居た。籤を作って居る雄吉も、何となく重々しい嫌な不安を心の裡に感じた。若《も》し当り籤が自分に残ったら、何《ど》うしよう。孰ちらかと云えば、病気恐怖症《ヒポコンデリック》な雄吉は、今度の感冒も極端に怖れて居る。社内で、誰よりも先に、呼吸保護器《マスク》を買ったのも、雄吉だった。硼酸《ほうさん》で嗽《うが》いもして居る。キナの丸薬さえ予防の為に、時々飲んで居る。それほど、必死に感冒を怖れて居る雄吉に取って、一夜を危険な死体の傍《そば》に過さなければならぬかも判らないと云う予想は、可也《かなり》不安な心持に違いなかった。然《しか》し、そうした嫌な心持は、恐らく皆《みん》な同じに持って居る心持であろう。戸田や吉田のような性質の男は、それを露骨に現して居るに反し、角田老人や川崎は、ただ妙な義理から、黙って、慎しんで居る丈《だけ》だ。然し、皆は心の裡で、お通夜に行くことを必死に避けようとして居る。それは、正当な当然な心持だ。友情もない沢田に対して、伝染の危険を冒して迄《まで》も（生命の危険を冒して迄もと云っても、過言ではなかろう）寒い冬の一夜を、凍えながら徹夜しなければならないだろうか。そんな事をする根本的な必要があるのだろうか。同僚の誼《よ》しみ、義理、交際、ほんとうの感情の伴わないそうした表面的のものの為に、之程《これほど》迄に皆が不快な心持を払わなければならないものだろうかと、雄吉は思った。

籤《くじ》は漸《ようや》く出来上った。

「二つ当り籤があります。一人じゃとても堪らないと思ったから、二人行くことにしました。」と雄吉は説明した。当り籤が一つの方が、当る割合は少いが、然《しか》し一人で行く悪さを思うと、皆は二人制度を賛成したらしかった。

外套を着たまま、モジモジして居た戸田は、籤が出来ると、一番にたって来た。

「どれ、僕に引かして呉れ給え。」と、云いながら勢よく籤を一本引き抜いた。が、籤を開ける段になると、流石《さすが》に戸田の顔が、蒼白に引きしまって行くのを雄吉は感じた。

戸田は、籤が白いのを見ると、パッと顔を充血させながら、

「ああよしよし。大賛成大賛成。」と、云いながら、若《も》し誰も傍に居なかったら、飛び飛びでもしそうな様子をした。

「じゃ、僕は大手を振って帰れる訳だな。」と、云いながら戸田は逃げるように出て

行った。

皆は黙って居た。が、明《あきらか》に戸田を羨《うらや》んで居た。雄吉も戸田を羨ましく思った。

「さあ僕も引こう。」「僕も一本。」と、皆は雄吉の手から籤《くじ》を取った。雄吉は、皆が、戸田と同じように、緊張した顔をしながら、オズオズ開いて見て居た。が、雄吉の手に残って居る籤が引かれる度に、もう誰かに当りそうなものだと待って居た。が、雄吉の手に残って居る籤は、もう四本しかないのに、当り籤はまだ一本も出なかった。籤逃れの人達は、ストウヴを囲みながら、又沢田の逸話などを話し始めて居た。雄吉は、段々自分に迫って来る危険を感じた。自分の手で、籤を作えて《こしら》自分で当たれば世話はないと思って居た。到《とう》頭《とう》籤が三本になった時、今迄《まで》原稿を書いて居た吉野と云う男と、今井と云う男が来て籤を引いた。両方とも、当り籤であった。

『ああ助かった!』雄吉は思わず声を揚げて、こう叫びたい程であった。

今井も吉野も、入社してからまだ半年にもならない人達であった。常から苦しい仕事にばかり振り向けられて居た。その上、新米の悲しさには、こうした当籤に対しても、一寸《ちょっと》した抗議さえ云えなかった。が、二人とも悄気《しょげ》切ってしまった。

「僕は、昨夜《ゆうべ》下谷の火事で三時頃迄《まで》、寝られなかったのですが。」と、今井はオズオズ雄吉に云った。

雄吉は、常々今井が、従順である為に、いろいろ困難な厭《いや》な仕事に使われるのを同情して居た。が、この場合何《ど》うすることも出来なかった。

「それじゃ、今から直ぐ寝て十一時頃、出かけて下さらないですか。それ迄《まで》は、誰か行って居る人があるでしょう。僕も都合で行こうと思って居るのです。」と、雄吉は云った。籤引で二人を強制して行かせる以上、宵の内丈《だけ》でも顔出しをすることが当然であるように思ったからである。

「お通夜は、吉野君と今井君に定《きま》ったですが、宵の内丈《だけ》でも、奮って顔を出して下さい。」と、雄吉は皆《みんな》に云った。

が、皆は黙って居た。籤《くじ》を逃れた人達は、一寸《ちよつと》した幸福感に浸って居るようであった。流行性感冒で、もろく死んでしまった沢田を、第一の不幸者とすれば、この寒い晩に危険な病室でお通夜をしなければならない者は、それに次ぐ不幸者である。その両方の危難を、キレイに免れたと云う幸福な意識は、皆の心の裡に潜んで居るらしかった。

「吉野君、一杯ひっかけて元気を付けてから、頑張って呉《く》れたまえ。之も浮世の義理ですからな。ハハハハハ。」と、江戸っ子の吉田は、吉野を弥次《やじ》って居た。吉野は、ストウヴの火を見詰めたまま、ボンヤリ考え込んで居た。

今井は今井で、机に頬杖を突いたまま黙って居る。

「皆で、醵金《きよきん》をして今井君と吉野君とに、慰労をしようじゃないか。」と、雄吉は云った。が、誰も賛成するものがなかった。今井も吉野もニコリともしなかった。

その時に、交換台の女が、

「藤田さん、山本さんから電話！」と、大きな声で、叫んだ。一寸《ちよつと》緊張した。山本からの電話と云えば沢田の死の前後の容子《ようす》が、解る筈であるからである。藤田さんは、例の性急な調子で、卓上の受話器を取り上げた。

「ハアなるほど。なるほど。」「それで。」と云ったような調子で、藤田さんは熱心に受け答えをして居たかと思うと、一寸《ちよつと》受話器を措《お》いて、

「木村さん、沢田君の死骸は、赤十字病院にあるそうですよ。」と、云った。

「赤十字病院！　はあはあ、それじゃ、屍室の方へ廻わされて居ますな。屍室のお通夜、あああんないやなものはない。」と、それに経験のあるらしい吉田は、眉をひそめながら、吉野と今井との方を見た。その刹那に、今井と吉野との顔は、サッと蒼くなってしまった。雄吉も、咄嗟《とつさ》に広いガランとした建物の中の荒寥《こうりよう》たる屍室の有様を想像した。火の気も、湯茶もありそうもない、屍室で、他人（同僚と云う一寸したひっかかりを除けば感情的には、全く他人）の死体の傍に、伝染の危険を怖れながら、寒さに慄えつつ一夜を明かさなければならぬ今井と吉野との事を考えると、雄吉は人事《ひとごと》ながら、心が暗くなった。その暗さの奥には、社会的の妙な虚偽、自分の本当の感情を曲げて表面《うわつら》な名目の為に、苦しまなければならない習慣と云ったようなものに対

する反抗が、勃々と動くのを感じた。

「病院の屍室、あんな所でお通夜をして堪るものでない、こんな晩に。病院なら、お通夜はいいでしょう。」と、雄吉は藤田さんに云った。

藤田さんも、一寸《ちよつと》苦笑いして、

「いいでしょう。」と、賛成した。今井と吉野とは、蘇ったようにホッとしたらしかった。

＊

沢田の故郷へ電報を打ったが、返事さえ来なかった。故郷の兄と喧嘩をして、家を飛び出したのだと云う話は、誰かがした。沢田の死を聞いて集まって来る社外の友人もなかった。角田老人や、山本の肝煎《きもいり》で遺骸は、落合の火葬場で骨になった。その遺骸を、何処へ預けてよいかと云う事が問題になった。誰かが又沢田の納骨堂株式会社の計画を云い出した。
三十一日であったろう。やっと、故郷の兄だと云う人から、ハガキが届いた。
拝啓
愚弟死去の儀早速御報知下され、有難く存じ候。早速上京致すべき所、年末多忙の折柄にてその意を得ず、いろいろお手数をかけ、恐縮千万に存じ候、陳者《のぶれば》小生代理として、東京市下谷区長者町十三番地住人神谷多平なるものを差し遣わし候間、同人へ遺骨お渡し遣《つかわ》されたく願い上げ候。尚《なお》稲次郎在社中の積立金及び死亡の節の香奠《こうでん》等有之候わば、同人にお渡し下されたく存じ候。尚稲次郎の遺稿等有之候わばよろしく御使用被下度《くだされたく》候。

沢田直明

××新聞社長殿

と、書いてあった。そして、自分の名前の下に押してある認印が、更に手紙を卑しくして居た。皆は死骸の始末の時には、顔を出さないで、弟の残した少しの物にでも眼を光らして居るらしい兄の心持を憤慨《ふんがい》した。

「積立金、ほほう、そんなものがあるのなら、僕も死んで見たい位だ。」と、例の吉田はハガキを見ながら云った。

「ははあ、遺稿はよかったね。やっぱり身びいきだね、社説記者でもやって居たと思って居たんだね。」

「いや、沢田君の事だから、故郷の人達にそう吹いたんだろう。」と、皆はハガキを種にしながら一しきり冗口《むだぐち》を利き合った。

社内の人から、その死を簡単に取扱われて居るように、肉親の兄弟からも、簡単に取扱われて居るのだと思うと、雄吉は沢田の狷介《けんかい》な性格を、いたましく思わずには居られなかった。

新年が来た。皆《みんな》は、それぞれ新しい何物かを、心の中に感じた。五十に近い老記者などもやっぱり古びたフロックなどを、着込んで元気よく出社した。社内は、生々の気に充《み》ちて居た。沢田が死んだことなどは、針で突いたほどの陰翳《いんえい》も残して居なかった。

社全体の人達が、食堂へ集まって、祝杯を挙げた。主筆の音頭で、万歳を三唱した。微酔を帯びて皆が編輯室《へんしゅうしつ》へ帰ると、紺飛白《こんがすり》の新しい正月着を着た給仕が、新年の賀状の一杯入った箱を机の上にぶちまけた。皆は、銘々に自分宛の賀状を、探し始めた。一枚探し当てるごとに、一寸《ちょっと》した欣《よろこ》びを感じた。交際の広い記者は、見る間に三十枚も四十枚もの賀状を見付けた。

「沢田稲次郎様、沢田君にも来て居る。」と云いながら誰かが一枚選り別《わ》けた。皆は一寸《ちょっと》暗い気持になったらしかった。その中《うち》に、雄吉も四五十枚の自分宛の賀状を見附けた。大抵皆が、自分宛の賀状を探し尽した時に、机の一角に沢田宛の賀状が、六七枚集まって居た。

年賀郵便か、何かで沢田の死なない内に投函したものらしかった。

今迄、自分宛の賀状を、一心に探して居た吉田は、何と思ったか沢田宛の賀状をキレイに揃えると、

「おい！　子供。」と、怒鳴った。護謨《ゴム》人形のように敏活の給仕は、

「ハイ。」と、答えると飛ぶようにやって来た。

「おい！　附箋《ふせん》を附けて、沢田君に送るんだ。」と、云いながら真面目腐って、ハガキの束を突き出した。

「送れません。」と、冗談と知って、下ぶくれの色白の顔の給仕は、ニコニコ笑いながら答えた。

「送れないことがあるものか、冥土局廻し。」と、云いながら吉田は自分で、ハハハハハと笑い出した。

皆は、一斉に吉田の冗談を哄笑した。雄吉も、ひどいことを云うなと思った。が、不愉快ではなかった。手近の人が、死んだことは、皆の生きて居る欣《よろこ》びを、洗い上げて居るのかも知れなかった。手近の人が、もろくもやられて居るのに、自分は無事に正月を迎えて居る。そう云う無意識な欣びが皆の心をいつもより、そわそわと浮き立たせて居るのかも解らないと雄吉は考えた。

船医の立場

一

晩春の伊豆半島は、所々に遅桜《おそざくら》が、咲き残り、山懐《やまぶところ》の段々畑に、菜の花が黄色く、夏の近づいたのを示して、日に日に潮が蒼味を帯びて来る相模灘《さがみなだ》が、縹渺《ひょうびょう》と霞《かす》んで、白雲に紛《まぎ》れぬ濃い煙を吐く大島が、水天の際に、模糊《もこ》として横って居《い》るのさえ、のどかに見えた。

が、そうした風光の裡を、熱海から伊東へ辿る二人の若い武士《さむらい》は、二人とも病犬か何かのように険しい、憔悴《しょうすい》した顔をして居た。

二人は、頭を大束《おおたば》の野郎に結って居た。一人は五尺一二寸の小男だった。顔中に薄い痘痕《あばた》があったが、目は細く光って眦《まなじり》が上り、鼻梁《はなばしら》が高く通って、精悍《せいかん》な気象を示したが、そのゲッソリと下殺《しもそ》げした頰に、じりじり生えて居る鬚《ひげ》が此《こ》の男の風采を淋しいものにした。一人は、色の黒い眉の太い立派な体格の男だったが、憔悴して居ることは前者と異らない。

小男は、木綿藍縞《もめんあいじま》の浴衣《ゆかた》に、小倉の帯を締め、無地木綿のぶっさき羽織を着、鼠小紋《ねずみこもん》の半股引《はんももひき》をして居た。体格の立派な方は、雨合羽《あまがっぱ》を羽織って居るので、服装は見えなかった。

小男の方は、吉田寅二郎で、他の一人は同志の金子重輔であった。

二人は、三月の六日から十三日まで、保土ケ谷に宿を取って、神奈川に碇泊《ていはく》して居る亜米利加《アメリカ》船に近づこうとして昼夜肝胆を砕いた。

最初、船頭を賺《すか》して、夜中潜《ひそ》かに、黒船に乗り込もうとしたけれども、いざその場合になると、船頭連は皆退込《しりご》みした。薪水を積込む御用船に乗込んで、黒船に近づこうとしたけれども、それも毎船与力が乗込んで行くために、便乗する機会はなかった。

八日の日には、米利堅《メリケン》人が、横浜村へ上陸したと聞いたので、兼て起草して置いた投夷書《とういしょ》を手渡す機会もと、馳け付けたが、彼等は既に船へ去って、米利堅《メリケン》人を見た村人達の、かまびすしい噂を聞いた丈《だけ》だった。

九日の日は、金子重輔が、舟が兎《と》に角《かく》漕げると云うのを幸に、漁舟を盗んで、黒船へ投じようとした。が、昼間舟の在処《ありか》を見定めて、夜行って見ると、舟は何人《なんぴと》かが乗り去ったと見えて影もなく、烈しい怒濤《どとう》が、暗い岸の砂を嚙んで居る丈《だけ》だった。二人が、失望して茫然と立って居ると、野犬が幾匹も集って来て、けたたましく吠えた。

「泥棒をするのが難しいことが、初めて分ったぜ。」

勝気な寅二郎は、そう云って笑ったが、雨が間もなく降り出し、保土ケ谷の宿へ、丑満《うしみつ》の頃帰ったときは、二人の下帯まで濡《ぬ》れて居た。

十一日十二日と二人は保土ケ谷の宿で、悶々《もんもん》として過した。

十三日は空がよく晴れ、横浜の沖は、春の海らしく和み渡った。今夜こそと思って居ると、朝四つ刻《どき》黒船の甲板が急に気色ばみ、錨《いかり》を捲《ま》く容子《ようす》が見えたかと思うと、山の如き七つの船体が江戸を指して走り始めた。海岸警衛の諸役人が、すわやと、思って居ると、羽田沖で、急に転回し、外海の方へ向けて走り始めた。

一隻はその儘《まま》本国へ、他の六隻は下田へ向ったと云う取沙汰であった。

寅二郎と重輔は、黒船の動き出すのを見ると、口惜《くや》し泣きに泣いたが、下田へ向ったのを知ると、直ぐ保土ケ谷の宿を払って、その跡を慕った。

鎌倉、小田原、熱海と宿って、今日三月十七日熱海を立ったのである。

二人が、伊東へ一里ばかりの海岸へ来たときに、道の両側に蜜柑《みかん》畑があり、その中には早しらじらと花の咲いたのがあって、香ばしい匂が、鼻を衝《つ》いた。二人が蜜柑畑の中の畔《あぜ》に腰を降して、割籠《わりご》を開こうとしたときだった。蜜柑の畑の中に遊んで居たらしい子供が声を上げた。

「やあ！　千石船が通るぞ。やあ千石船よりも、まだ大きいぞ。しかも二艘《そう》じゃ。」

寅二郎は、何の気もなく海上を見た。見ると、海岸から一里も隔って居る海上を、異様な怪物が、黒色の煙を揚げつつ疾駆して居るのだった。それは、夢にも忘れない黒船だった。今日は、その三重の帆を、海鳥の翼の如く拡げ、しかもそれにも足りないで、両舷《りょうげん》の火輪を廻して、やや波立って居る太洋を、巨鯨《きょげい》の如く走って居るのだった。

「見られい！　あの勢を。」

寅二郎は敵愾《てきがい》の心も忘れて、嘆賞した。

「毛唐め！　やり居る！　やり居る！　あのように皇国《みくに》の海を人もなげに走り居る！」

慷慨《こうがい》家の金子は、翼なき身を口惜しむように、足摺《あしず》りしながら叫んだ。

「なに、今に米利堅《メリケン》へ渡って、あの術を奪ってやるのだ。夷人の利器に依って、夷人を追い払うのだ。」

寅二郎は熱海の湯の宿で作って呉《く》れた大きい握り飯をほおばりながら叫んだ。

二

二人が、下田へ着いたのは、翌十八日の午後であった。昨日《きのう》途中で見た二艘の火輪船は、港口近くに碇泊して居た。二人は、宿を取ると、直《す》ぐ港を警衛して居る役人達に会って、それとなく黒船の容子《ようす》を訊いて見た。

役人達の話に依ると、この二艘は先発隊で、大将彼理《ペルリ》はまだ来て居ない。その上、漢語ばかりでなく、和蘭《オランダ》語を話す通辞《つうじ》さえ居ないので、薪水積込《つみこみ》の応答にさえ困って居ると云うことであった。通辞が居ないとすれば、潜《ひそ》かに乗付けて、事情を陳《の》べて、便乗することは、絶対に不可能である。二人は、彼里《ペルリ》が乗って居る将艦が、入港するのを待つより外はなかった。

二十日の朝だった。寅二郎は、自分の指の股や腕首に、四五日前から出来て居る腫《はれ》物《もの》が膿《うみ》を持って居るのに気が付いた。

鎌倉の宿を立った朝、彼は自分の指間や腕首や、肱《ひじ》に、小さいイボのようなブツブツが幾つも出来て居るのを知った。その夜小田原の宿で泊ると、小さいブツブツの各々が、虫の匍《は》うような、いじりがゆさを与えた。彼は之れを幾度も搔《か》いた。搔けば搔くほど、痒《かゆ》さが増した。

それが、三日と四日と経つ裡《うち》に、数が多くなり、殊に昨夕《ゆうべ》は痒さのために、よく眠られなかったが、今朝見ると、白く膿を湛《たた》えて居るのが、幾つも出来て居る。それが、手指ばかりでなく、腹部にも腰の廻りにも、腿にも、数は少いが拡がって居る。紛う方もなく、疥癬《しつ》である。

考えて見ると、保土ケ谷の宿で、給仕に出た女中が、頻《しき》りに手指を掻いて居たのを思い出した。あの女中から、伝染《うつ》されたのだと思ったが、どうすることも出来なかった。彼は、大事を決行する前にたとい些細《ささい》な病にしろ、こうした病に罹《かか》ったのを悔んだ。彼は、黒船に乗るまでには、少しでも治療して置きたいと思った。彼は、下田から一里ばかりの蓮台寺《れんだいじ》村にある湯が、瘡毒《そうどく》や、疥癬《しつ》に、いいと云うことを聞いたので、直ぐその日、蓮台寺村に移って入湯した。

翌二十一日の午後、彼里《ペルリ》の搭乗して居る旗艦《きかん》ポウワタン船《ふね》は、他の三隻を率いて、入港した。

二十二日から、二十六日まで、寅二郎と重輔とは、日に夜を次いで、黒船に乗り込むことを計った。二十四日の朝二人は下田の郊外を歩いて居る夷人《いじん》を追かけて、予《かね》て認《したた》めて居た投夷書《とういしょ》を渡した。蓮台寺村の湯の宿へは、下田へ行って宿ると云いながら、二人は毎夜海岸へ出て、黒船の容子を窺《うかが》った。そして疲れると、その儘《まま》海岸で、露宿した。

二十五日夜には、下田の村を流れて居る川に、繋《つな》いであった舟を盗み、川口の番船の眼を忍んで海へ出た。が、その夜は波が荒く、重輔の未熟な腕では、舟が同じ処を、ぐるぐる廻転する丈《だけ》で、何時まで経っても、沖へは出られなかった。綿のように疲れて、柿崎の浜へ引返す外はなかった。二人は浜辺の弁天堂で、夜が明くるをも知らずに熟睡した。

その間も、寅二郎の疥癬《しつ》は、少しも癒《い》えないばかりでなく、どれもこれも、無気味に白く膿《う》んでしまった。彼は、大事の前の些事《さじ》としてなるべく気にすまいと思ったが、身体中に漲《みなぎ》る感覚的不快さをどうともすることが出来なかった。

二十七日の夕方、柿崎の浜辺へ出て見ると、意外にも、ミスシッピイ船《ふね》が、海岸から二町とない沖合に、碇泊して居るのを見た。それから、半町も隔てずに旗艦のポウワタンが、錨《いかり》を降して居る。二三日前から、港内を測量した結果、碇泊の位置を変えたらしかった。寅二郎と重輔とは、雀躍《こおどり》して欣《よろこ》んだ。その上、弁天堂の直ぐ真下の渚《みぎわ》に、二隻の漁舟が繋ぎ捨ててある。丁度《ちょうど》その舟を盗めと云わぬばかりに。

二人は、直ぐ蓮台寺村へ帰って、夕食を認《したた》めた。下田の宿へ移ると云って、航海の準備をした。寅二郎は、着換の衣類二枚と、小折本孝経《こおりぼんこうきょう》、和蘭《オランダ》文典前後訳鍵二冊、唐《とう》詩選掌故《しせんしょうこ》二冊、抄録《しょうろく》数冊とを小さい振分《ふりわけ》の荷物にした。それが千里の海を渡って、亜美利加《アメリカ》へ行く彼の荷物だった。

夜の五つ刻《どき》、弁天堂の下の海岸へ出て見ると、降るような星月夜の下に、波は思《おもい》の外に凪《な》いで居た。六隻の黒船は銘々《めいめい》に青い碇泊燈を掲げながら、小島のように、その黒い姿を並べて居た。二人の心は、躍った。が昼間見た小舟を探して見ると、それは引き潮のために、砂浜高く打ち揚げられて居るのだった。二人は懸命になって、押して見た。が、それはビクとも動かなかった。

潮が、再び満ちて来るのを待つより外はなかった。二人は、弁天堂の中へ入って寝てしまった。目が覚めたのは、八つを廻った頃だろう。星明りの裡に、潮が堂の真下まで満ちて居るのが分った。

二人は欣《よろこ》び勇んで舟に乗った。が、櫂《かい》を取って、漕ぎ出そうとすると、肝心な櫓臍《ろべそ》がないことが分った。駭《おどろ》いてもう一つの舟に乗り替えて見た。が、その舟も同じだった。周章《あわて》た。が、咄嗟《とっさ》な場合、二人は下帯を脱して、櫂を両方の舷《ふなべり》へ縛《しば》り付けた。が、半町と漕がない内に、弱い木綿は、櫂と舷との強い摩擦のために摩《す》れ切れてしまった。

二人は小倉の帯を解いて、櫂を縛り直す外はなかった。

漕ぎ出して見ると岸に立って見たときとは違って、波濤《はとう》が荒かった。ともすれば、舟は波に煽《あお》られて、転覆《かえ》りそうになった。その上、寅二郎は今まで舟を漕いだことがなく、只《ただ》力委《まか》せに櫂を動かすのだから、二人の調子が合わず、一番間近のミスシッピイへ向けた舳《みよし》は、くるくる廻って、舳の前へ下田の村の灯火が現われたり、柿崎の浜の森が現われたりした。舟は前へは進まないで、同じ所を廻った。

二人の腕が脱けるようになったとき、やっとミスシッピイ船《ふね》の舷側へ着いた。二人は、蘇生した思がした。

「米利堅《メリケン》人！　米利堅《メリケン》人！」

重輔は、小舟の舷《ふなべり》に、足をかけながら、大声に叫んだ。船上に怪しい叫び声が起り、人の気勢がしたかと思うと、ギヤマンの燈籠《とうろう》が、舷側から吊し降された。見上ぐると、船上から数人の夷人が、見下して居る。寅二郎は矢立を取り出し、燈籠の光で懐紙に『吾欲レ往二米利堅一君幸請二之大将一《われメリケンにゆかんとほっすきみさいわいにこれをたいしょうにこえ》』と、手早く認《したた》めて、その紙片を持ちながら、舷梯をかけ上った。が、不幸にもその船には、通辞が居なかった。老いた夷人は、寅二郎からその紙片《かみきれ》を受取ると別の紙に横行《よこがき》の字をかいて、二つの紙片を寅二郎に返しながら、ポウワタン船《ふね》を指して、手真似であの船へ行けと云った。二人には、その意味が直《す》ぐ解《わか》ったけれども、乗って来た小舟で、更に一町の沖合へ進むことは至難のことであった。寅二郎は、船上に吊ってあるバッテイラを指して、手真似であれで連れて行けと頼んだが、聴かれなかった。

疲れ切った身体で、二人はポウワタンまで漕いで行った。沖へ出れば出るほど波が荒くなった。寅二郎も重輔も、手掌《てのひら》に水泡《まめ》が、いくつも出来た。が、舟は容易に、彼等の思う通《とおり》にならなかった。内側へ付けようと思ったのが、外洋へ向った波の荒い外側に付いてしまった。しかも舷側と舷梯との間に挟まれ、烈しい波に煽《あお》られ、凄じい音を立てながら、舷側へ幾度も叩き付けられた。

船上に立って居る番兵に、その音が聞えたのだろう。手に長い棒を持った夷人が、怒り罵《ののし》りながら舷梯を馳け降りて来て、二人の乗った舟を、その棒で突き出そうとした。突き出されては堪らないと思ったので、寅二郎は、素早く舷梯へ飛び移った。重輔は纜《ともづな》を梯子に移った寅二郎に、渡そうとした。が、夷人は容赦もなく舟を突き出すので、重輔も周章《あわ》て舷梯へ飛び移った。そして、小舟の纜《ともづな》を手放してしまった。

舟には、二人の大小と、荷物とを残してあった。が、旗艦に乗った以上、兎《と》も角《かく》もなると思ったので、小舟の流れ去るのを顧みなかった。むろん、顧みる余裕もなかったが。

二人を船上へ拉《らっ》した夷人は、二人が船を見物に来たのだと思ったのだろう。二人に羅針盤を見せたりした。二人は首を振って、筆と紙とを求めた。矢立《やたて》も懐紙も小舟へ残して来たのである。

間もなく、日本語の通辞ウイリヤムスが出て来、そして二人は船室へ導かれた。ギヤマンの洋燈《ランプ》が室内を真昼のように、煌々《こうこう》と照して居た。

室内には、通辞の外に、二人の夷人が立ち会った。一人は副艦長のゲビスで、他は外科医のワトソンであった。彼は、蘭語を解する上に東洋通であった。

寅二郎は、生来初めての鵝筆を持って、米利堅《メリケン》へ行きたいと云《い》う志望を漢文で書いた。ウイリヤムスは、早口の日本語で、それは何国の字ぞと訊いた。

寅二郎が、日本字なりと答えると、ウイリヤムスは、笑ってそれは唐土《もろこし》の字ではないかと云った。ウイリヤムスの明晰《めいせき》な日本語と日本に就《つ》いての知識とが、寅二郎達を欣《よろこ》ばした。二人は初めて慈母の手を探り得たような心持になって、その心の内の火のような望みを述べ始めた。

三

間もなく、ポウワタン船《ふね》の提督の船室で、二人の日本青年の希望を容れるか、どうかに就いて、会議が開かれた。

彼理《ペルリ》提督とその参謀と、ポウワタンの艦長と副艦長のゲビスと、外科医のワトソンと、通辞のウイリヤムスが、それに加った。

十一時を過ぎて居たが、事件が異常であるために、誰も彼も興奮して居た。殊に、副艦長のゲビスは、二人の日本青年を見て、その熱誠に動かされた丈《だけ》に、誰よりも興奮して居た。

「じゃ、我々は此《こ》の青年達の請《こい》を斥けた方が、無難だと云うのですか。」

会議の傾向が、拒絶に傾いて来ると、ゲビスは躍起《やっき》になって居《い》た。

「我々は、こんな些細《ささい》なことで、日本政府と事端《じたん》を構えるのはよくないことだと思う。」

艦長は、先刻《さっき》から拒絶を主張して居《い》た。ゲビスは、艦長の言葉を駁《ばく》そうとして思わず自分の席に立ち上った。

「が、然《しか》し私は、縦令《たとい》日本政府との間に、少しの面倒があっても、あの青年達の請《こい》を容れてやることが、どんなに正しいことであり、いい事であるか分らないと思う。私は、先日あの青年達が、我々の士官の一人に渡したと云う手紙の飜訳《ほんやく》を読んで、彼等の聡明《クレヴァ》な高尚《ノオブル》な人格にどれだけ感心したか分らない。彼等の熱烈な精神《ソウル》は私の心を打った。私は、有色人種の心の裡に、こんな立派な魂が、宿って居《い》るとは知らなかった。その上、飜訳で読んでも、その原文が、どんなに明勁《めいけい》であって、理路が整然として居《い》るかが分る。その頭脳の明晰さは、私にとって、一つの驚異であった。こうした聡明な青年を我国へ連れて行って、わが文化に接せしめると云うこと丈《だけ》でも、私の心は躍り上るような歓喜を感ずる。私は提督閣下が、この青年の請に耳を仮《か》さんことを切望するものです。」

まだ三十を越して間もない、ゲビスは若い眸を輝かし、卓を軽く叩きながら叫んだ。

「貴君は、あまりに興奮し過ぎる。貴君はもっと現実を見なければいけない。」顎鬚《あごひげ》を蓄《たくわ》えた五十近い艦長は、若者を撫《なだ》めるように云った。「貴君は、物事を表面丈《だけ》で、解釈してはならない。彼等の申分はよい、我々の同情を得るに十分だ。が、然《しか》し彼等が、申分以外の卑劣な動機で、動いて居《い》るかも知れないと云うことを、我々は一応考えて見る必要がある。日本人との短日月の交渉に依《よ》っても、彼等がどんなに怜悧《れいり》であるかと云うことが分った。しかも悪賢いと云ってもよいほど、怜悧であることが分った。私は、先日の手紙を見た時から、こんな疑を起した。あの青年二人は、日本政府の間者《かんじゃ》ではないかと考えた。あんな立派な文章を書く日本青年が、日本政府に依《よ》って、重用されて居ない訳はないと思う。彼等は日本政府の役人に違いない。彼等は、見すぼらしい青年に扮《ふん》して、我々を試さんとして来たのである。日本の法律は、日本人の海外へ渡航するのを禁じている。我々は、その事を横浜に碇泊して居た頃、林大学《はやしだいがくの》頭《かみ》から聞いて知って居《い》る。従って我々は此《この》法律を遵守《じゅんしゅ》して日本人の海外渡航を扶助すべきではない。思うに、彼の二人の青年は、我々が日本政府に忠実であるかどうかを試さんとして、送られたる間者である。若《も》し、我々が彼等の志望を許したならば、直ちに日本政府から抗議が来るだろう。そして、我々は日本政府に、不忠実なるものとして、折角《せっかく》平和の裡に得た通商の許可も取り消されないとも限らない。」

「いや、貴下は疑い過ぎる。」副艦長のゲビスは、毅然《きぜん》として屈しなかった。「貴下は、あの青年達を見ないから、そんなことを云われるのだ。かの青年達の眼は、海外の知識を得ようとする熱心さで、血のように燃えて居《い》る。それは、決して間者の眸ではない。彼等の衣類は濡れ、彼等の手指には、無数の水泡を生じて居る。それは彼等が、潜《ひそ》かに本船に近づかんとして、どんな犠牲を払ったかを語って居る。もしも、彼等が日本政府の間者であったならば、彼等はもっと容易に我々の所へ来たに違いない。その上、彼等は本船へ乗り移るときに彼等に取って生命よりも大切な大小を捨てて居る。

彼等は海外へ渡航するために、生命をさえ払おうとして居る……」

「併《しか》し、ゲビス君！」平素は寡言《かげん》な提督彼理《ていとくペルリ》が、重々しい口を開いた。「私も、あの青年達の希望を遂げさせたいと云う感情に於《おい》ては、君と異らない。が、然《しか》し私は横浜に於て、合衆国の国家と日本の国家との間の条約を結んだ。その私は、私情を以《もっ》て、日本の法律に背《そむ》こうとする日本人を扶《たす》けることは出来ない。が、私は望む、知識に渇えて居る日本の青年が自由に我国へ到来する日が、間もなく来ることを。そして現在この二人の青年に対する庇護《ひご》を拒むことは却ってそう云う未来の近づくのを早める所以《ゆえん》ではないかと思う。」

ゲビスは一寸《ちょっと》頭を傾けたが、又直《す》ぐ叫んだ。

「閣下、貴下の言葉は私を首肯《しゅこう》させる。が、然《しか》し公明正大な好奇心に依《よ》って、わが国へ渡航せんとする、此《こ》の愛すべき青年の身の上を考えてやって下さい。われわれが彼等を拒絶することは、彼等を断頭台へまで追い上げることを意味して居《い》る。我々は、彼等を陸へ追いやれば、彼等は直ぐ政府の役人に依って捕縛《ほばく》されるだろう。そして、日本の峻厳《しゅんげん》な法律は彼等の首を身体から、斬《き》り放つだろう。我々合衆国人の渡航に依《よ》って、好奇心を起し、我々の故国を慕うものを、我々の手に依って、断頭台の上へ、追い昇せることは、亜米利加《アメリカ》合衆国の恥ではないか。われわれの大統領が、われわれを日本へ送った所以《ゆえん》は、形式的な条約を結ぶためではない。孤島の裡に、空しく眠って居《い》る可憐な国民を、精神的に呼び覚《さま》すことではないか。然るに、今我々の喚問《コール》に、最初に答えた此《こ》の愛すべき先覚者、国民全体の触覚とも云うべき聡明叡智《えいち》なる青年の哀願に、聾《し》いたる耳を向けると云うことは、われわれが帯びて居《い》る真の使命に対する反逆ではなかろうか。二人の青年を、日本政府の役人の眼から隠して日本政府の感情を傷くることなしに、本国へ送ることは、若《も》しそれをやろうと思いさえすれば、甚《はなは》だ容易なことである。私は、提督がわが国建国以来の精神たる正義と人道との名に於《お》いて、此《こ》の青年の志望に耳を仮さんことを切望するものである。」

ゲビスの熱弁は、凡《すべ》ての人を動《うごか》した。剛愎《ごうふく》な、曾《かっ》て自説を曲げたことのない艦長でさえ暫《しばら》くの間、黙って居た。

提督の顔にも、著しい感動の色が浮んだ。彼の心が、二人の日本青年の利益のために、動いたことは確からしかった。彼は、やや青みがかって居る顔を上げて、一座を見廻した。

「外に意見はありませんか。ウイリヤムス君！　ワトソン君！」

そのとき、ワトソンはふと、先刻日本の青年の一人が洋燈《ランプ》の光で字を認めて居ると きに、その手指に無数に発生して居《い》た伝染性腫物のことを思い出した。

「私は船医の立場から、ただ一言申して置きたい。彼の青年の一人は不幸にも Scabies impetigiosum に冒《おか》されて居《い》る。それは、わが国に於《おい》て、稀有《けう》な皮膚病である。殊《こと》に艦内の衛生に取っては一つの脅威《メネース》である。私は、艦内の衛生に対する責任者として、一言丈云《だけい》って置く。無論、私は此《こ》の青年に対して限りない同情を懐《いだ》いて居るけれども。」

ゲビスの正義人道を基本とした雄弁も、此《こ》の実際問題の前には、タジタジとなった。提督の顔色が再び動いた。彼は青年の哀願を拒絶するために感ずる、心の寂しさを紛らす、いい口実を得た。可《か》なり長い熟考の後に提督は云った。

「ゲビス君、私は此《こ》の青年に対する同情に於《おい》て、決して貴君に負けはしない。が、私は疑わしき人道よりも、もっと考慮しなければならないものを持って居《い》る。その上、彼の青年達の志望よりも、艦内に於ける衛生の重んずべきことに就《つい》ては、諸君が一致して居て呉《く》れるだろうと思う。それではウイリヤムス君！　彼の青年達を宥《なだ》めて、陸上へ返して下さい。ゲビス君！　君は彼の青年達を送り返すために、短艇《ボート》の用意を命じて呉《く》れたまえ。」

そして、その命令は即時に実行された。

外科医のワトソンは二人の日本青年が、舷梯から降されるのを見た。二人は眼に涙を湛《たた》えながら、合衆国人の仁義心に訴えたが、それが容れられないと知ると、穏かなわずかな抵抗を試みた後、その不幸な運命に服従した。彼等のつつましい悪怯《わるび》れない態度を見たワトソンは、その夜船室の寝台で終夜眠られなかった。

四

不幸な日本青年に就《つい》ての事件が起ってから、三日目の朝、ワトソンは、他の一人の士官と一緒に海岸に上陸した。

よく晴れた一日だった。二人は海岸を散歩してから、市街の裏手の方へ廻った。子供が五月蠅《うるさ》く随《つ》いて来るので、手真似で追い払ったが、執拗《しつよう》に何処までも随《つ》いて来た。彼等はふと営所らしい建物の前へ来た。日本の兵卒らしい人間が、槍のようなものを持って、その門を守って居た。

見ると、その営所を囲む木柵に多くの男女が集って居た。ワトソンが行くと、彼等は此《こ》の異邦人を恐れるように避けた。ワトソンは木柵に身を寄せながらに営所の中を覗き込んだ。木柵から、一間と離れないところに、獣を入れるような檻《おり》があった。檻の中に、何かうごめいて居《い》るような物があるので、ワトソンはじっと見詰めた。すると、その格子の間から、蒼白い二つの人間の顔が現われて、彼を見てニッと微笑した。ワトソンは、恐ろしい戦慄《せんりつ》が、身体を通じて、流れるのを感じた。彼は、その人間の顔を認知《リコグナイズ》した。それは、紛《まぎ》れもなく、先夜自分達の船を訪れた彼の不幸なる日本青年達であった。その檻は、二人の人間を容れるべく、あまりに狭かった。二人は膝を付き合わしながら、窮屈そうに坐って居《い》た。

二人の可憐な有様が、ワトソンの心を暗くした。彼は思わず英語で、「お可憐な人々よ。君達は如何《いか》にして捕われたか。」と、大声で叫んだが、無論通ずる筈はなかった。

が、ワトソンが叫ぶのを見ると、二人の青年は、ワトソンが彼等を認めたのが分ったと見えて、可《か》なり欣《よろこ》んだ。そして、一人の――かの Scabies を患って居《い》る青年は、自分の掌を直角に頸部《けいぶ》に当て、間もなく自分の首を切断せられることを示しながら、然《しか》も哄然《こうぜん》と笑って見せた。羅馬《ローマ》人カトウを凌《しの》ぐような克己的な態度がワトソンを圧服した。ワトソンは木柵を摑《つか》んで居《い》る自分の手が、ある畏怖《いふ》のために、かすかに顫《ふる》えるのを感じた。彼は二人の日本青年の生命を救うために、どんな事でもしなければならないような気になって居《い》た。

ふと見ると、笑った青年は、手で字をかく真似をしながら、筆紙を呉《く》れと云う意味を示した。ワトソンは、懐中を探って、一本の鉛筆を探り当てた。が、身体中に何の紙片《かみきれ》もなかった。すると、一人の日本少年が、何処からか、薄い木片《こっぱ》を拾って来て呉《く》れた。が、一間も隔って居《い》る檻へ、如何《いか》にして差入れようかと考えて居ると、老人の牢番《ろうばん》が、それを受けついで渡して呉《く》れた。

彼《か》の青年は、鉛筆を受取ると、それを不思議そうに一瞥《いちべつ》して後、何の躊躇もなく、木片《こっぱ》の上に流暢《りゅうちょう》に書き始めた。十五分間の後、余地もないほどに、字を書き詰められた木片《こつぱ》がワトソンの手に返された。

　ワトソンは、青年達に目礼し、心の裡で此《こ》の不幸な青年達の祝福を祈りながら、船へ帰って来た。そして、その木片《こつぱ》を支那語の通辞である広東人《カントンじん》羅森に示した。羅森は次ぎのように訳した。


　英雄一度その志す処に失敗せば、彼の行為は、奸賊《かんぞく》強盗の行為を以て目せらる。我等は衆人環視の裡に捕えられ縛《いまし》められ、暗獄の裡に幽閉《ゆうへい》せらる。村の長老は、侮蔑を以て吾等を遇し、我等を虐待すること甚し。

　六十余州を踏破《とうは》するの自由は、我等の志を満足せしむる能わざるが故に、我等は五大洲を周遊せんことを願えり、これ我等が宿昔《しゆくせき》の志願なりき。我等が多年の計策は、一朝にして失敗せり。而《しか》して今や我等は、隘屋《あいおく》の裡に禁錮せられ、飲食、休息、睡眠凡《すべ》て困難なり。我等は、此《こ》の囹圄より脱する能わず。泣かんか愚人の如し。笑わんか悪漢の如し。嗚呼《ああ》、吾等は黙して已《や》まんのみ。


　提督彼理《ペルリ》を始め、先夜の会議に列した人々は、揃《そろ》って此の訳文を読んだ。そして、銘々に深い感激を受けずには居《い》られなかった。

「何と云《い》う英雄的な、しかも哲学的な安心立命《あんじんりつめい》であろう。」

提督は深い溜息と共にそう呟《つぶや》いた。

不意に歔欷《きょき》の声が、一座を駭かした。それは、若い副艦長のゲビスであった。

提督は、ゲビスの傍に進みよって、その肩を軽打した。

「そうだ。君の感情が一番正しかったのだ。君はこれから直《す》ぐ上陸して呉《く》れたまえ。そして、此《こ》の不幸な青年達の生命を救うために、私が持って居《い》る凡《すべ》ての権力を用うることを、君にお委《まか》せする。」

ゲビスは、それを聞くと、勇み立って、出て行った。

ワトソンは、心の苦痛に堪えないで、自分の船室へ帰って来た。が、其処《そこ》にも、じっとして居ることが出来なかった。彼は、自分の船医として主張した一言が、果して正当であったかどうかを考えずには居《い》られなかった。彼の心には Scabies が、此《こ》の高貴にして可憐な青年の志望を、犠牲にしなければならないほど、恐ろしい伝染病であるかどうかが、疑われて来た。彼は、皮膚病学の泰斗《たいと》が、それに就《つ》いて、何《ど》う云う言説を為《な》して居《い》るかを知って、自分の烈《はげ》しく動揺する良心を落着けたいと思った。彼は悄然《しょうぜん》として、船の文庫《ライブラリー》の方へ歩いて行った。

身投げ救助業

物の本によると京都にも昔から、自殺者は可《か》なり多かった。都は何時の時代でも田舎よりも生存競争が烈《はげ》しい。生活に堪《た》え切れぬ不幸が襲って来ると、思切って死ぬ者が多かった。洛中洛外に烈しい饑饉《ききん》などがあって、親兄弟に離れ、可愛い妻子を失うた者は世をはかなんで自殺をした。除目《じもく》に洩《も》れた腹立まぎれや、義理に迫っての死や、恋の叶わぬ絶望からの死、数えて見れば際限がない。まして徳川時代には相対死《あいたいじに》など云《い》うて、一時に二人宛《ずつ》死ぬ事さえあった。

自殺をするに最も簡便な方法は先《ま》ず身を投げることであるらしい。之《これ》は統計学者の自殺者表などを見ないでも、少し自殺と云うことを真面目に考えた者には気の付く事である。所《ところ》が京都にはよい身投げ場所がなかった。無論《むろん》鴨川では死ねない、深い所でも三尺位《ぐらい》しかない。だからおしゅん伝兵衛は鳥辺山《とりべやま》で死んで居《い》る。大抵は縊《くび》れて死ぬ。

汽車に轢《ひ》かれるなどと云う事も無論なかった。

然《しか》しどうしても身を投げたい者は、清水の舞台から身を投げた。『清水の舞台から飛んだ気で』と云う文句があるのだから、この事実に誤りはない。然《しか》し下の谷間の岩に当って砕けて居《い》る死体を見たりまたその噂を聞くと、模倣好きな人間も二の足を踏む。何《ど》うしても水死をしたいものは、お半長右衛門の様に桂川迄辿《までたど》って行くか、逢坂《おうさか》山《やま》を越え琵琶湖へ出るか、嵯峨の広沢の池へ行くより外に仕方がなかった。然《しか》し死ぬ前のしばらくを、十分に享楽しようと云う心中者などには、この長い道程もあまり苦にはならなかっただろうが、一時も早く世の中を逃れたい人達には二里も三里も、歩く余裕はなかった。それで大抵は首を縊った。聖護院《しょうごいん》の森だとか、糺《ただす》の森などには椎《しい》の実を拾う子供が、宙にぶらさがって居る屍体《したい》を見て、驚くことが多かった。

それでも京の人間は沢山自殺をして来た。凡《すべ》ての自由を奪われたものにも、自殺の自由丈《だけ》は残されて居《い》る。牢屋に居る人間でも自殺丈《だけ》は出来る。両手両足を縛られて居ても極度の克己を以《もっ》て息をしないことによって、自殺丈《だ》けは出来る。

ともかく、京都によき身投げ場所のなかった事は事実である。然《しか》し京都の人々はこの不便を忍んで自殺をして来たのである。適当な身投げ場所のないために、自殺者の比例が江戸や大阪などに比べて小であったとは思われない。

明治になって、槇村京都府知事が疏《そ》水《すい》工事を起して、琵琶湖の水を京に引いて来た。

此《こ》の工事は京都の市民によき水運を具《そな》え、よき水道を具えると共に、またよき身投げ場所を与える事であった。

　疏水は幅十間位ではあるが、自殺の場所としては可《か》なりよい所である。どんな人間でも、深い海の底などでフワフワして、魚などにつつかれて居《い》る自分の死体の事を考えて見ると、余りいい心持はしない。譬《たと》え死んでも、適当な時間に見付け出されて、葬《とむらい》をして貰《もら》いたい心がある。それには疏水は絶好な場所である。蹴《け》上《あげ》から二條を通って鴨川の縁《へり》を伝い、伏見へ流れ落ちるのであるが、何処でも一丈位深さがあり、水が綺麗である。それに両岸に柳が植えられて、夜は蒼いガスの光が烟って居る。先斗《ぽんと》町《ちょう》あたりの絃歌《げんか》の声が鴨川を渡って聞えて来る。後には東山が静に横わって居る。雨の降った晩などは両岸の青や紅の灯が水に映る。自殺者の心にこの美しい夜の堀割の景色が、一種のRomanceを惹《ひ》き起して、死ぬのが余り恐ろしいとも思われぬようになり、フラフラと飛び込んでしまうことが多かった。

　然《しか》し、身体の重さを自分で引き受けて水面に飛び降りる刹那《せつな》には、どんなに覚悟をした自殺者でも悲鳴を挙げる。之《これ》は本能的に生を慕い死を怖れるうめきである。然しもう何《ど》うともする事も出来ない。水烟を立てて沈んでから皆一度は浮き上る、その時には助かろうとする本能の心より外《ほか》何もない。手当り次第に水を摑《つか》む、水を打つ、あえぐ、うめく、もがく。その内に弱って意識を失うて死んで行くが、もしこの時救助者が縄でも投げ込むと大抵は夫《それ》を掴む。之《これ》を掴む時には投身する前の覚悟も助けられた後の後悔も心には浮ばない。ただ生きようとする強き本能がある丈《だけ》である。自殺者が救助を求めたり、縄を掴んだりする矛盾を笑うてはいけない。

ともかく、京都にいい身投げ場所が出来てから、自殺するものは大抵疏水に身を投げた。

疏水の一年の変死の数は、多い時には百名を超したことさえある。疏水の流域の中で、最もよき死場所は、武徳殿のつい近くにある淋しい木造の橋である。インクラインの傍を走り下った水勢は、なお余勢を保って岡崎公園を廻って流れる。そして公園と分れようとする所に、この橋がある。右手には平安神宮の森に淋しくガスが輝いて居《い》る。左手には淋しい戸を閉めた家が並んで居る。従って人通りが余りない。それでこの橋の欄杆《らんかん》から飛び込む投身者が多い。岸から飛び込むよりも橋からの方が投身者の心に潜在して居る芝居気を、満足せしむるものと見える。

処《ところ》が、この橋から四五間位の下流に、疏水に沿うて一軒の小屋がある。そして橋から誰かが身を投げると、必ず此家から極まって背の低い老婆が飛び出して来る。橋からの投身が、十二時より前の場合は大抵変りがない。老婆は必ず長い竿《さお》を持って居《い》る、そしてその竿をうめき声を目当に突き出すのである。多くは手答えがある。もしない場合には水音とうめき声を追掛《おいか》けながら、幾度も幾度も突き出すのである。それでも遂《つい》に手答えなしに流れ下ってしまう事もあるが、大抵は竿に手答えがある。夫《それ》を手繰《たぐ》り寄せる頃には、三町ばかりの交番へ使に行く位の厚意のある男が、屹度弥次馬《きっとやじうま》の中に交って居《い》る。冬であれば火をたくが夏は割合に手軽で、水を吐かせて身体を拭いてやると、大抵は元気を恢復《かいふく》し警察へ行く場合が多い。巡査が二言三言不心得を悟すと、口籠りながら、詫言を云うのを常とした。

こうして人命を助けた場合には、一月位経って政府から褒状《ほうじょう》に添えて一円五十銭位の賞金が下《さが》った。老婆は之《これ》を受け取ると、先ず神棚に供えて手を二、三度たたいた後郵便局へ預けに行く。

老婆は第四回内国博覧会が岡崎公園に開かれた時今の場所に小さい茶店を開いた。駄菓子やみかんを売るささやかな店であったが、相当に実入《みいり》もあったので、博覧会の建物が段々取り払われた後もその儘《まま》で商売を続けた。之《これ》が第四回博覧会の唯一の記念物だと云《い》えば云える。老婆は死んだ夫の残した娘と、二人で暮して来た。小金がたまるに従って、小屋が今の様な小綺麗な住居に進んで居る。

最初に橋から投身者があった時、老婆は何《ど》うする事も出来なかった。大声を挙げて呼んでも、滅多に来る人がなかった。運よく人の来る時には、投身者は疏水《そすい》の可《か》なり烈《はげ》しい水に捲《ま》き込まれて、行衛《ゆくえ》不明になって居た。こんな場合には老婆は暗い水面を見つめながら、微《かす》かに念仏を唱えた。然《しか》し、こうして老婆の見聞きする自殺者は、一人や二人ではなかった。二月《ふたつき》に一度、多い時には一月に二度も老婆は自殺者の悲鳴を聞いた。それが地獄に居る亡者のうめきのようで、気の弱い老婆には何《ど》うしても堪えられなかった。到頭《とうとう》老婆は自分で助けて見る気になった。余程《よほど》の勇気と工夫とで、老婆が物干の竿を使って助けたのは、二十三になる男であった。主家の金を五十円ばかり費い込んだ申訳なさに死のうとした、小心者であった。巡査に不心得を悟されると、此《この》男は改心をして働くと云った。夫から一月ばかり経って、彼女は府庁から呼び出されて、褒美の金を貰ったのである。その時の一円五十銭は老婆には大金であった。彼女はよくよく考えた末、その頃やや盛んになりかけた郵便貯金に預け入れた。

それから後と云うものは、老婆は懸命に人を救った。そして救い方が段々うまくなった。水音と悲鳴とを聞くと老婆は急に身を起して裏へかけ出した。そこに立てかけてある竿を取り上げて、漁夫が鉾《ほこ》で鯉でも突くような構《かまえ》で、水面を睨んで立って踠《あが》いている自殺者の前に竿を巧みに差し出した。竿が目の前に来た時に取りつかない投身者は一人もないと云ってよかった。夫《それ》を老婆は懸命に引き上げた。通りがかりの男が手伝ったりする時には、老婆は不興であった。自分の特権を侵害されたような心持がしたからである。老婆は斯《こ》のようにして、四十三の年から五十八の今迄《まで》に、五十幾つかの人命を救うて居《い》る。だから褒賞《ほうしょう》の場合の手続なども頗《すこぶ》る簡単になって、一週で金が下るようになった。府庁の役人は「お婆さんまたやったなあ。」と笑いながら、金を渡した。老婆も初めのように感激もしないで、茶店の客から大福の代を、貰うように「大《おお》きに。」と云いながら受け取った。世間の景気がよくて二月も、三月も、投身者のない時には、老婆は何だか物足らなかった。娘に浴衣地をせびられた時などにも、老婆は今度一円五十銭貰うたらと云《い》うて居《い》た。その時は六月の末で例年《いつも》ならば投身者の多い季《とき》であるのに、何《ど》うしたのか飛び込む人がなかった。老婆は毎晩娘と枕を並べながら聴耳《ききみみ》を立てて居た。それで十二時頃にもなって、愈々《いよいよ》駄目だと思うと「今夜もあかん。」と云うて目を閉じる事などもあった。

　老婆は投身者を助けることを非常にいい事だと思って居る。だから、よく店の客などと話して居る時にも「私でも之《これ》で、人さんの命をよっぽど助けて居るさかえ、極楽へ行かれますわ。」と云うて居た。無論その事を誰も打ち消しはしなかった。

　然《しか》し老婆が不満に思うことが、ただ一つあった。夫《それ》は助けてやった人達があまり老婆に礼を云わない事である。巡査の前では頭を下げて居るが、老婆に改めて礼を云うものは殆《ほとん》どなかった。まして後日改めて礼を云いに来る者などは一人もない。「折角《せっかく》命を助けてやったのに薄情な人だなあ。」と老婆は腹の裡で思って居た。ある夜、老婆は十八になる娘を救うた事がある。娘は正気が付いて自分が救われた事を知ると身も世もないように、泣きしきった。やっと巡査にすかされて警察へ同行しようとして橋を渡ろうとした時、娘は巡査の隙を見て再び水中に身を躍《おど》らせた。然し娘は不思議にもまた、老婆の差し出す竿に取りすがって救われた。

老婆は、再度巡査に連れられて行く娘の後姿を、見ながら、「何遍飛込んでもやっぱり助かりたいものやなあ。」と云うた。

老婆は六十に近くなっても、水音と悲鳴とを聞くと必ず竿を差し出した。そしてまたその竿に取りすがることを拒んだ自殺者は一人もなかった。助かりたいから取りつくのだと老婆は思って居《い》た。助かりたいものを助けるのだから、これ程《ほど》いいことはないと老婆は思っていた。

今年の春になって、老婆の十数年来の平静な生活を、一つの危機が襲った。夫《それ》は二十一になる娘の身の上からである。娘はやや下品な顔立ではあったが、色白で愛嬌《あいきょう》があった。

老婆は遠縁の親類の二男が、徴兵から帰ったら、養子に貰って貯金の三百幾円を資本《もとで》として店を大きくする筈《はず》であった。之《これ》が老婆の望みであり楽しみであった。処《ところ》が、娘は母の望みを見事に裏切ってしまった。彼女は熊野通り二條下るにある熊野座と云う小さい劇場に、今年の二月から打ち続けて居る嵐扇太郎と云う旅役者とありふれた関係に陥《お》ちて居た。扇太郎は巧みに娘を唆《そその》かし、母の貯金の通帳《かよいちょう》を持ち出させて、郵便局から金を引き出し、娘を連れたまま何処ともなく逃げてしまったのである。

老婆には驚愕《きょうがく》と絶望との外《ほか》、何も残って居なかった。ただ店にある五円にも足りない商品と、少しの衣類としかなかった。それでも今迄《まで》の茶店を続けて行けば、生きて行かれない事はなかった。然《しか》し彼女には何の望《のぞみ》もなかった。二月《ふたつき》もの間、娘の消息を待ったが徒労であった。彼女にはもう生きて行く力がなくなって居《い》た。彼女は死を考えた。幾晩も幾晩も考えた末に、身を投げようと決心した。そして堪えがたい絶望の思を逃れ、一には娘へのみせしめにしようと思った。身投げの場所は住み馴れた家の近くの橋を選んだ。彼所から投身すれば、もう誰も邪魔する人はなかろうと、老婆は考えたのである。

老婆はある晩、例の橋の上に立った。自分が救った自殺者の顔がそれからそれと頭に浮んで然《しか》も凡《すべ》てが一種妙な、皮肉な笑を湛《たた》えて居るように思われた。然《しか》し多くの自殺者を見て居たお蔭には、自殺をすることが家常茶飯《かじょうさはん》のように思われて、大した恐怖をも感じなかった。老婆はフラフラとしたまま欄杆から、ずり落ちるように身を投げた。

彼女がふと、正気付いた時には、彼女の周囲には巡査と弥次馬とが立って居《い》る。之《これ》はいつも彼女が作る集団と同じであるが、ただ彼女の取る位置が変って居る丈《だけ》である。野次馬の中には巡査の傍に、いつもの老婆が居ないのを不思議に思うものさえあった。

老婆は恥しいような憤《いきどお》ろしいような、名状しがたき不愉快さを以《もっ》て周囲を見た。所《ところ》が巡査の傍の何時《いつ》も自分が立つべき位置に、色の黒い四十男が居《い》た。老婆は、その男が自分を助けたのだと気の附《つ》いた時、彼女は攫《つか》み付きたいほど、その男を恨んだ。いい心持に寝入ろうとするのを、叩き起されたようなむしゃくしゃした、烈しい怒《いかり》が、老婆の胸の裡に充《み》ちて居た。

男はそんな事を少しも気付かないように「もう一足遅かったら、死なしてしまう所でした。」と巡査に話して居る。それは老婆が幾度も、巡査に云うた覚えのある言葉であった。その内には人の命を救った自慢が、ありありと溢れて居た。

老婆は老いた肌が見物にあらわに、見えて居たのに気がつくと、あわてて前を搔《か》き合わせたが、胸の裡は怒《いかり》と恥とで燃えて居るようであった。見知り越しの巡査は「助ける側のお前が自分でやったら困るなあ。」と云うた。老婆は夫《それ》を聞き流して逃げるように自分の家《うち》へ駈け込んだ。巡査は後から入って来て、老婆の不心得を悟したが、夫《それ》はもう幾十遍も聞き飽きた言葉であった。その時ふと気がつくと、あけたままの表戸から例の四十男を初め、多くの弥次馬が物めずらしくのぞいて居た。老婆は狂気のように駈けよって烈《はげ》しい勢で戸を閉めた。

老婆はそれ以来淋しく、力無く暮して居る。彼女には自殺する力さえなくなってしまった。娘は帰りそうにもない。泥のように重苦しい日が続いて行く。

老婆の家の背戸《せど》には、まだあの長い物干竿が立てかけてある。然《しか》しあの橋から飛び込む自殺者が助かった噂はもう聞かなくなった。

島原心中

自分は、その頃、新聞小説の筋を考えて居た。それは、一人の貧乏な華族が、ある成金の怨《うらみ》を買って、いろいろな手段で、物質的に圧迫される。華族は、その圧迫を切り抜けようとして踠《もが》く。が、踠いたため、却《かえ》って成金の作って置いた罠《わな》に陥って、法律上の罪人になると云《い》う筋だった。

自分は、その華族が、切迫《せっぱ》詰って、法律上の罪を犯すと云うところを、成《な》るべく本当らしく、実際有りそうな場合にしたかった。通俗小説などに、有《あ》り触《ふ》れたような場合を避けたかった。自分はそのために法律の専門家に、相談して見ようと考えた。

自分は、頭の中で、旧友の中で、法学士になって居《い》る連中を数えて見た。高等学校時代の知己《しりあい》で、法学士になって居る連中は、幾人も居ることは居たが、郵船会社には入《い》って、洋行したり、政治科を出て農商務省へ奉職したり、三菱へは入《い》って居る連中などばかりが、思い浮かんで、自分の相談に、乗って呉《く》れそうな、法律専門の法学士はなかなか思い当らなかった。その中に、ふと綾部と云う自分の中学時代の友人が、去年京都の地方裁判所を廃《よ》して、東京へ来て、有楽町の××法律事務所に勤務して居ることを思い出した。上京当時、通知のハガキを呉《く》れたのだが、その××と云う有名な弁護士の名前が、不思議に、ハッキリと自分の頭に残って居たのである。

自分は、綾部が、三高に居たときに逢《あ》って以来、六七年振《ぶ》りに、彼を訪ねた。彼は学生時代とは見違えるほど、色が白くなって居た。そして、三四年の間検事をやって居た名残が、澄んだその癖《くせ》活気のない、冷めたい眼の裡に残って居《い》た。彼は、快く自分を迎えて、自分の小説の筋に適合するような犯罪を考えて呉《く》れた。刑法の条文などを彼方此方参考にしながら、可《か》なり工夫を凝《こら》して呉《く》れたのである。その上に、彼はこんなことを云った。

「いや、貴公が、小説家として、法律の点に、注意をして居るのは感心です。どうも、今の小説家の小説を読むと、我々専門家が見ると、可《か》なり可笑《おか》しい所が沢山あるのです。懲役の刑しかないところが、禁錮になって居たり、三年以上の懲役の罪が、二年の懲役になって居たり、随分変なところがあるのです。それに小説家のかく材料が、小説家の生活の範囲を一歩も出て居ないと云うことは、可《か》なり不満です。我々の註文《ちゅうもん》を云えば、もっと、法律を背景とした事件、即《すなわ》ち民事刑事に関する面白い事件を、材料として大《おお》いに取扱って貰いたいですな。一体、完全な法治国になるためには、各人の法律に関する観念が、もっと発達しなければ駄目です。それには、もっと君達が、法律に関係のある事件をかいて呉《く》れて、法律と云うものが、人間生活に、どんなに重要な意義を持って居るかと云うことを、一般に知らして貰いたいと思うのですがね。若《も》し、君がかく心算《つもり》なら、僕が検事時代の経験をいろいろ話して上げてもいいと思いますよ。」

そんな、冒頭をしながら、彼は次ぎのような話を自分に、して呉《く》れた。

＊

『俥《くるま》が、大門《おおもん》を潜《くぐ》ったとき、「ああ島原とは玆《ここ》だな。」と、思うと同時に、可《か》なり激しい幻滅とそれに伴う寂しさとを、感ぜずには居られなかったのです。お恥しい話ですが、僕が島原へ行ったのは、その時が初《はじめ》です。僕は高等学校時代から大学へかけて、六年も京都に居たのですが、その時迄《まで》、昔からあれほど名高い島原を、まだ一度も見たことがなかったのです。一二度、友人から「花魁《おいらん》の道中を見に行かないか。」と、誘われたことがあったのですが、謹厳《きんげん》――と云うよりも、臆病であった僕は、そんなところへ足踏みすることさえ何だか気が進まなかったのです。

だから、大学を出て間もないその頃まで、僕の頭に描いて居《い》た島原は、やっぱり小説や芝居や小唄《こうた》や伝説の島原だったのです。壮麗な建物の打ち続いた、美しい花魁の行き交うて居る、錦絵にあるような色街だったのです。

従って、その日——たしか十一月の初でした——上席の検事から、島原へ出張を命ぜられたとき、僕は自分の心に、妙な興味が動くのを抑えることが出来なかったのです。島原へ行く、而《しか》もその朝行われた心中の臨検に行くと云うのですから、僕は場所に対する興味と、事件に対する興味とで、二重に興奮して居た訳です。

「島原心中」と云う言葉が、小説か芝居かの題目のように、僕の心に美しく浮んで居たのでした。

が、俥がそれらしい大門《おおもん》を通りすぎて、廓《くるわ》の中へ駈《か》け込んだとき、下した幌《ほろ》のセルロイドの窓から十一月の鈍い午後の日光の裡に、澱《よど》んだように立ち並んで居る、屋根の低い朽《く》ちかけて居るような建物を見たときに、それが名高い色街であると云う丈《だけ》に、一層悲惨なあさましいような気がしたのです。衰弱し切った病人が、医者の手から、突き放されて、死期を待って居るように、どの家もどの家も、廃頽《はいたい》するままに、委《まか》せられて居るような気がしたのです。定紋《じょうもん》の付いた暖簾《のれん》の間から見える、家の内部までが、どれもこれも暗澹《あんたん》として陰鬱《いんうつ》に、滅亡して行くものの姿を、そのまま示して居るように僕には思われたのです。

俥が、横町へ折れたとき、僕の眼の前に現われた建物は、もっと悲惨でした、悲惨と云うよりも、醜悪と云った方が、適当でしょう。どれも、これも粗末な木口を使った安普請《やすぶしん》で、毒々しく塗り立てた格子や、櫺子《れんじ》窓《まど》の紅殻《べにがら》色が、ムッとするような不快な感じを与えるのです。煤《すす》けた角行燈《かくあんどん》に、第二清開楼とか、相川楼などと書いた文字までが、田舎の遊廓にでも見るような、下等な感じを与えました。

心中があった楼《うち》の前には、所轄署の巡査が立って居たので、直《す》ぐそれと判りました。僕が、俥から降りたときには、裁判所を出るときに、持って居たような興奮も興味も残って居ませんでした。

その楼《うち》は、此《こ》の通《とおり》に立ち並んでいる粗末な二階家の一つでした。入口を這入《はい》ると、土間が京都風に奥の方へ通って居て、左の方には家人や娼妓達の住んで居る部屋があり、右は直ぐ箱梯子《はしご》になって居て、客がそのまま二階へ上がれるようになって居るのです。

心中の行われたのは、無論《むろん》二階でした。僕が、警部の出迎えを受けて、此《こ》の箱梯子を上ろうとしたとき、ふとその土間を中途で、遮《さえぎ》って居る浅黄色の暖簾の間から、ジロジロ僕の顔を見て居る、此家のお主婦《かみ》らしい女に、気が付いたのです。広い額際《ひたいぎわ》が抜け上って、眼が無気味な光を持って居る、一目見ると忘れられないような女でした。

僕は、その梯子段を、可《か》なり元気よく上ったのです。すると、先《さ》きに上った警部は、上り詰めると急に身体を右に避けるようにするのです。僕は、そんなことを気にしないで、介意《かま》わず上り切ったのです。すると、梯子段を、上り切った僕の足もとに、異様な品物が――その刹那《せつな》は、本当にそう思ったのです――転がって居るのです。が、ハッと気が付いて見ると、僕の靴下を穿《は》いた足は、其処《そこ》の廊下に、仰向けに倒れて居る女の、振り乱した髪の毛を、危く踏むところであったのです。その時の、僕の受けた激動《ショック》は、今でも幾分かは思い出すことが出来るのです。僕は心中と云う以上、何処《どこ》かの部屋の中にでも、尋常《じんじよう》に倒れて居るものだと思って居たのです。よく見ると、心中はその梯子段を上ったとっつきの四畳半で行われたと見え、女が倒れかかる機《はず》みに外《はず》れたらしい障子の中の畳には、ドロドロと凝《こ》り固って居る血が、一面にこびり付いて居るのです。その血の中に、更紗《さらさ》か何からしい古びた蒲団《ふとん》が、敷き放されて居て、女の両足は蒲団の上にわずかばかり、かかって居るのでした。天井が頭に閊《つか》えるほど低い部屋の中は、小さい明り取りの窓が、ある丈《だけ》で、昼でも薄暗いのですが、その薄暗い片隅には、心中前に男女《ふたり》が飲食したらしい丼とか、徳利などが、ゴタゴタ片寄せられて居るのです。壁は京都の遊廓によくある、黄《き》っぽい砂壁ですが、よく見ると、突き当りの壁には、口に含んで霧《きり》にでも吹いたように、血が一面に吹きかかって居るのでした。

まだ、そうした場所に、馴《な》れなかった僕は、一目見ると、その凄惨《せいさん》な情景から、ゾッと水を浴びるような、感じを受けましたが、立合《たちあい》の警部、書記などの手前、努めて冷静を装《よそお》いながら、先《ま》ず女の傷口を見ました。女は、見事に頸動脈《けいどうみゃく》を切ったと見え、身体中の血潮が悉《ことごと》く、その傷口から迸《ほとばし》ったように、胸から膝へかけて、汚れ切ったネルの寝衣《ねまき》を、ベトベトに、浸した上、畳の上から廊下にかけて一面に流れかかって居るのでした。が、傷口を見て居るうちに、もっと僕の心を打ったものは、その荒《すさ》み果てた顔でした。もう確《たし》に、三十近い細面の顔ですが、その土のようにカサカサした青い皮膚や、目尻の赤く爛れた眼などを見て居ると、顔と云う気は何《ど》うしても起らないのです。人間だと云う気さえ起らないのです。ただ《ただ》、名状しがたい浅ましさ丈《だけ》を、感じたのです。

死に損った男の方は、別室に移されて居《い》て、医者の手当を受けて居たのです。僕が、臨検した主な目的は、相手の男を訊問《じんもん》して、無理心中ではなかったか、又縦令《たとえ》合意の心中であったにしろ男の方に自殺幇助《ほうじょ》の事実がなかったかを確める為だったのです。二人が、遺書を認めて居ることで、無理心中の疑《うたがい》は少しもありませんでしたが、自殺幇助の疑は、十分にあるのでした。

僕は、その男を臨床訊問するために、寝かされて居ると云う別室へ行ったのです。見ると、相手の男は、頭を角刈にした、二十歳前後の、顔の四角な、職人らしい男でしたが、咽喉の傷を、くるくる捲いた繃帯《ほうたい》が、顎を埋めてしまうほど、ふくらんで居ました。顔には血の気がなく、ドロンと気の抜けたような眼付をして居ましたが、傷が致命傷でないことは、医師《いしゃ》でない素人眼にも、直《す》ぐ判《わか》りました。

僕は、訊問にかかる前に、警察の方で、調べた二人の身元とか、心中に至るまでの事情を、一通《ひととおり》訊いたのです。男の方は、福島県の者とかで、西陣の職工だが、徴兵に取られて居て十二月には、入営する事になって居たと云うことと、女は鳥取県のものであるが、今年廿九《にじゅうく》の年になるまで、十年近く島原で、勤めて居るのだが、借金に追われて、まだ年期が明けないで居ること、平生から陰気な沈んだ女であること、この頃郷里の方から、母が病気だと云う知らせが来たので、見舞に行きたい行きたいと口癖に云って居ながら、勤《つとめ》の身として、それを果し得ないのを、口惜しがって居たこと。男は、十月の初から通い初めて、その日が六七回目であったこと、心中は午前の七時頃に行われ、家人達はまだ寝入って居たので、三十分位経って、主婦《おかみ》がやっと、男の呻き声を、聞き付けたこと。主婦が駈け上ったときは、女の方はもう全く、息が絶えてしまって居たこと、男が持って居た短刀を、主婦がもぎ取ったこと、短刀を使う前に、二人が揮発油を飲んだが、死に切れなかったこと。

僕は、そうした前後の事実を聴いた後、訊問にかかったのでした。

僕が、訊問を始めようとすると、警部と巡査とは、その男を床の上に、坐らせようとするのです。男は、首を挙げようとして、咽喉《のど》の傷を痛めたと見え、歯を喰いしばるようにして、じっとその苦痛を忍びながら起きようとするのです。

「苦しければ、そのままでいいよ。」

と、僕が注意をしますと、警部はそれを遮《さえぎ》るように、

「なに、大丈夫ですとも。気管を切って居《い》る丈《だけ》ですから、命には別条ありません。」

と云いながら今度はその若者を叱るように、

「さあ！　シャンとして、気を確にするんだぞ？　こんな傷で、死ぬことはないのだからな。」

と、云《い》いながら、肩の所を一つポンと叩くのです。

若者に対する、いたいたしいと云う同情は、直ぐ僕の職業的良心に抑えられて居《い》ました。僕が訊問を始めたときには、もう、普通の検事の口調になって居ました。僕は、その頃、だんだん被告に対する訊問のコツを覚えて来て居たのです。

「さあ、これから、お前に少し訊きたいことがあるのだがな、お前もな、出来たことは仕方がないことだから、何もクヨクヨ考えずに、男らしく在りのままに話して貰いたいのだがなあ。お前も、これほど思い切った事をやった男だから、思い切って男らしく潔《いさぎよ》く、俺の云うことに答えて呉《く》れないかん。いいかい。どうしたと云ったら、どう取られる、こう云ったらこう取られるなど云う事を、肚《はら》の中で考えて云ったらいか

ん。考えて云うと、ウソになる。ウソになると、物のつじ褄《つま》が合わなくなる、つじ褄が、合わなくなると、本当の事迄《まで》がウソになる。いいかい。だから、お前が俺の合点の行くように、本当にそうかと云うことになると、出来たことは仕方がないと云うことになって、結局はお前の利益になるんじゃ。だから、素直に云った方が、一番かしこい事になるのだからな。」

検事でも、予審判事でも、訊問を始める前には、屹度《きっと》こんな風なことを云うのです。そして、相手の心をノンビリさせて置かないと、嘘ばかり云って困るのです。

「どうだい男らしく云うつもりかい。」

こう、念を押しますと、繃帯《ほうたい》で首の動かせないその若者は、傷ついた咽喉から、呻《うめ》くような声を出して、

「男らしく申します、申します。」

と答えました。が、大抵の被告は、こう答えて置きながら、嘘を吐《つ》くものです。

「女の名前は何と云うのだい!」

「錦木《にしきぎ》と云います。」

「何時《いつ》頃から、通っているのじゃ。」

「十月の初からです。」

「じゃ一月《ひとつき》にならないのだな。今迄《まで》に何遍通った。」

「今度で六回目です。」

「一度に幾何宛金《いくらずつ》がかかるのじゃ。」

「へえ！」若者は、一寸《ちょっと》云い澱《よど》んだが、痛そうに唾を飲み込んでから「六円から十円位までかかります。」

「お前は、工場で幾何《いくら》貰って居るのじゃ。」

「日に一円五十銭位、貰うとります。」

「うむ、それでその中から食費だとか風呂代だとかを引くと、月に何程《どの》位残るんじゃ。」

「へえ、十円位残ります。」

「そうか、十円位しか残らんで、それで月に六遍も遊んで、一度に六七円宛《ずつ》も使うと金が足らなくなる訳だな。」

「へえい。」

「じゃ、何か別な所で金の工面をした訳だな。」

「へえい。」

「誰かから、金の工面をして貰うた訳だな。」

「へえい！　友達から二十円ばかり、借りました。」

「その外《ほか》にないか。」

「親方から十円借りました。」

「うむ。合《がっ》して三十円だな。その位の借金なら、払えないと云う借金じゃないな。」

「へえい。」

「一体、何《ど》うしてこんな事をやった。」

若者は、暫《しばら》く考え込んで居たようでしたが、急に咳き込んで来たかと思うと、泡のような血を口から吐き出しました。気管の傷のために、血が口の中に洩《も》れるのです。

僕は、自分の訊問が、此《この》青年の容態を険悪にしはしないかと思ったので、警察医に訊きますと、彼は平気な顔をして、

「何！ 大丈夫です。どんなことをしたって、命に別条はありません。御心配なくお続け下さい。」と云いました。

僕は、それに安心して改めて若者に云いました。

「そら、そんな風に考えたら駄目だよ。あっさり云《い》うのだよ、あっさり。」

若者は、唇の周囲についた血を、鼻紙で拭きながら、「私は、今年は兵にかかっとりますので、入営するまでには、金でも溜《た》めて、両親も欣《よろこ》ばせようと思って居ましたのに、こんなことで金は溜りませんし、借金は出来ますし、それにあの女も可愛そうな女で、国へ一度母親の見舞に帰りたい帰りたい云《い》うて居りましたけど、帰れんような始末で、一層死んでしもうたら云う、相談になりましたんで。」

「うむ。それで一緒に死ぬ相談をしたのか。然《しか》し借金だと云って、僅《わず》かばかしの金じゃないか。それに、女がそれほど、国に帰りたいのならお前が、連れて帰ってやればいいじゃないか。何も遠い所ではなし、鳥取じゃないか。」

「へえい！　それがそうはいきませなんだので。全く。」

「そうかね、お前の云うことも、一応尤《もっと》もに思えるが、ただそれ丈《だけ》で死んだと云うのは、何《ど》うも俺の腑《ふ》に落ちないんだが。考えないで、さっぱり云うて見んか。考えて云うと嘘になっていかん。」

そう云いますと、若者はその蒼白の顔に、一寸《ちょっと》血の気を湛《たた》えながら云いました。

「命を投げ出してやりましたけに、嘘なんか決して申しません。」

相手は、少し激したが、僕は冷然たる態度を以《もっ》て云いました。

「そうかね。それなら、それでいいが、俺にはどうも腑《ふ》に落ちないんだがね。俺の腑に落ちんと云うことは、つまり話して居る方のお前の心に、何か蟠《わだかま》りがあるんじゃないかね。こんな時に、本当の事が云えんようじゃ、男として恥じゃないか。何か別に訳があるんだろう。何か悪いことでもしたんじゃないか。」

「いいや、決《せ》して悪いことなんか。」

と、若者は急き込んで答えると同時に、傷口から又《また》血が洩れたのでしょう。苦しそうに咳き込みました。僕の心持は、その時もう職業的意識で、一杯になって居て、青年が苦しがっても、最初ほどの同情は湧きませんでした。そればかりでなく、僕は、相手が可《か》なり執拗《しつよう》なので、訊問の方面を急に変えて見ました。

「じゃ、それはそれとして置いて、一体どちらが先にやったのか。お前の方か、それとも女の方か。」

「妾《わたし》が、先きへ死ぬと云いまして、女が先きに短刀を、咽喉へ突き刺してから、今度は畳へ突き刺して私に呉《く》れました。」

「うむ。なるほど、それで一体女はどんな風に突いたんだ。」

「それは、あの女が、刃の方を上へ向けて、咽喉へ突き刺すと、血がダラリと流れました。」

「その短刀を握った手は、右かい左かい。」

「右です。」

「そうかい。それから何《ど》うした。」

「それから、私が短刀を受け取って、一突き刺したのですが、苦しくて苦しくて、私は思わず立ち上ったのです。」

「それから。」

「私は呻《うな》ったように思います。それからは夢中になってしまいました。」

「そうか、夢中になったのか、それであの壁に血が注《かか》って居《い》るのは何《ど》うしたのだ。」

「私が、苦しまぎれに寄りかかったのです。」

「それから何《ど》うしたのだ。」

「気が付きますと、お主婦《かみ》が私の持って居る短刀を捥《も》ぎとって居《い》たのです。」

「なるほどね。そう云う訳か。あの錦木と云う女は、エライ女だな。然《しか》し、そりゃお前、嘘じゃないか。その女が、咽喉を突いたところを、もう一度云って見んか。」

同じ事を、二度云わせるのが、僕等が訊問の常套手段なのです。が、被告が、嘘を云って居れば、屹度《きつと》其処に辻褄《つじつま》の合わないところが出来て来るのです。が、それにしても、咽喉に傷を持って居る被告に二度同じことを、繰り返させることが、可《か》なり残酷のように思われないでもなかったのです。が、その当時、僕の熾烈《しれつ》な職務心は、そんな心を直《す》ぐ打ち消したのでした。

それでも、若者は前の陳述と、矛盾しないように、同じことを繰り返しました。

「そうかね。その女が、一人でやった！　が、お前手伝ってやりはしなかったかね。女も可愛そうじゃないかね、どうせ二人で死んで行くのだもの、女が苦しんで居れば、お前も共々手を執《と》って、力を添えてやるのが人情じゃないかね。それが、人間として美しいことじゃないかね。いいか悪いかは、別問題として、そうあるべき所じゃないかね。」

先刻《さつき》、女の屍体《したい》を、一目見たときに、僕は女が、孰《どち》らかと云えば、呼吸器でもが悪いように、痩せた女で、男が陳述するような、勇気がある女とは、何《ど》うしても思えなかったのです。僕は、自殺幇助《ほうじょ》の事実が、あることを、最初から信じて居たのです。それに、先刻一寸《さっきちょっと》見たときにも、傷口が一刀のもとに見事に突かれて居ることに気が付いて居たのです。

「どうだい。俺には、あの女に、お前が云うほど、勇気があるとは、何《ど》うしても思えないのだがね。そこが、不思議で堪《たま》らないのだがね。何《ど》うだい。本当のことを、アッサリ云って呉《く》れんかな。実はお前が、突いてやったのだろう。」

若者は、明かに狼狽しながら、

「いえいえ、滅相な滅相な。」と打ち消しました。

「じゃ、訊くがね。あの女の咽喉の所に、掻き傷があるが、あれは何《ど》うしたんだ。」

若者は、心持顔が、赤くなったかと思うと、黙って居ました。

「お前が、一緒に突いてやったのじゃないか。」

若者は、首を横に、微かに動《うごか》しました。

「じゃ、そんな覚えはないと云うんだね。女が、咽喉を突くとき、お前の手は女の身体に、触れて居なかったと云うのかい。」

「いいえ。二人抱き合って。」

僕は、心の裡で、『しめた!』と叫びました。

「二人抱き合って、うむ。先刻は、そんなことは云わなかったようだね。なるほど、二人抱き合って。」

「二人一緒に抱き合って、女が咽喉を突くと、一所に転げたのです。それで、血が出たから押えてやろうとしたのです。」

「なるほど、お前の云うことは、段々本当に近くなって、来たじゃないか。が、もう少し本当でなければいかん。もう少しの所だ。もう少し本当を云えばいいのだ。」

「それで、女が踠《もが》いて手で咽喉を、搔きむしったのです。」

「なるほどな。それで、擦《か》き傷が、出来たと云うのだな。そんなことも、有る事だから、それも本当に取れる。だけど、お前よう考えて見るがいいぞ。普通の女と云うものは、気の弱い人間だぜ。鬼神のお松というような、毒婦だとか、乃木大将の夫人なぞと云う女丈夫《じょじょうぶ》なら、そら一突きで見事に死ぬかも知れん、が、あの女のような、身体の弱い女に、そんな事が出来るか、出来んか、誰が考えても判る事じゃないか。」

こう云って来ると、相手の若者は、返辞に窮《きゅう》したように、黙ってしまったのでした。僕はもう一息だと思いました。

「何も、そんな事は、別にお前に訊かなくても、初からちゃんと、判《わか》って居ることなんだ。掛《かか》りの医者を、連れて来て居るのだから、大抵の事は、お前に訊かなくても分って居るのだ。が、お前が本当のことを云う男であるか、お前に何か取柄《とりえ》があるかどうかと思って訊いて居るのだぞ。」

こう云い詰めると、若者は苦しそうに、身を悶《もだ》えて居ましたが、

「ああお役人さま。私は死にたいのです。どうぞ、私を殺して下さい!」

彼は、悲鳴のように叫ぶと、切なそうに、歔欷《すすりなき》を始めて居ました。

僕は、若者を叱り付けるように云いました。

「そんな、気の弱いことで何《ど》うする。今が、お前の一生の中《うち》で、一番大事な時じゃないか。今迄《まで》の間違って居たことを改めて、生れ変った人間として立派にやって行く、大事な潮時じゃないか。お前がやったことが悪いとしたならば、死んだ女に対しても、社会に対しても、申訳《もうしわけ》として、相当な勤《つとめ》を、立派に果して、生れ変って来る時じゃないか。こんな、大切な時に、ウソを吐《つ》くようじゃ、お前はもう何の取柄のない、男子の中の屑《くず》じゃないか。さあ、死にたいなどと、そんな気の弱いことを云わないで、潔く本当のことを云ったら、何《ど》うだ。短刀の柄《つか》の端を、少し持ち添えてやったとか。一緒に転ぶときに、少し押してやったとか。本当のことを云って見い!」

「夢中で、ハッキリとは覚えて居ませんが、一緒に倒れるときに、私の手が咽喉の所へ行ったかも知れません。」

若者は、到頭《とうとう》本当のことを、喋り始めたのです。僕の面《おもて》に、得意な微笑が浮ぶのを何《ど》うすることも出来ませんでした。

「なるほどな、が、お前も自分でやったことが分らん筈《はず》はないだろう、いや、お前はよう判《わか》った心算《つもり》で云って居るのだろうが、普通に考えると、どうもよく分らん。お前の肚《はら》になって見れば、よく判るが、普通に判るように云って見んか。が、嘘を云えと云うのじゃないぞ。」

若者は、暫《しばら》く無言でしたが、漸《ようや》く決心したように、

「よう考えて見ると、あれが自分で突き刺して、非常に苦しがって居たものですから、あれの上から、のしかかって、短刀の柄《つか》の残って居るところを、持ってやりました。一緒に、キュッと押してやりました。」

「それは、孰《ど》っちの手で。」

「右の手でやりました。」

「その時、左の手は何《ど》うして居たのだ。まさか、左の手を上へぼんやり上げて居はすまいね。その時の姿勢は、何うだった。」

「実は、左の手で女の首を抱えてやりました。」

「なるほど。それで、よう物が判《わか》った。それで、云うことに無理がない。だから、早くから云えばよかったのだ。それで、その事には、少しも無理がない。よう判った。が、もう一つ判らんことがある。それも一つ考えずに、アッサリ云うたら、何《ど》うだ。そりゃ、こうこう云う訳だったとアッサリ云うたら何うだ。無理のないようによう判

るように云ったらどうだ。そら、お前が何《ど》うしてこう云うことをやったかを序《ついで》に云って呉《く》れ。」

「それは、先刻《さっき》申した通《とおり》です。」

「うむ、先刻どんなことを云ったかな。もう一遍云って見て呉《く》れんか。先刻から沢山聴いたから勘違《かんちがい》をして居るかも知れん。もう一度、精《くわ》しく云って見て呉れ。」

こう云うのは、犯人に事実を自白する機会を作ってやる為です。

「それは、兵に行く前に、金でも溜めて、両親を欣ばせようと思って居ましたのが、借金は出来ますし、それにあの女が――。」

「そうそう、先刻訊いたのは、其処だった。其処を一つ考えずに云って呉《く》れ、よく世の中には、別れの辛いと云うことがあるが、国へ帰って兵に行くと云うことになると、自然あの女とも別れることになるのだったな。」

「実は、かれこれ申上げて居ましたが、今まで申上げた事も、一つですが、もう一つ他の事は、兵には入《い》るのが嫌だったのです。それで、私が思い詰めて、女に申しますと、女もそれではと申しまして、こう云うことになってしまったのです。」

「それに相違ないか。この先、お前が違うことを云うと、お前に嫌疑がかかる上に、憎しみもかかり、結局はお前の損になるのだから。」

「その通り、決して違《ちがい》ありません。」

そう、云い終ると、若者は其《そ》の顔に、絶望の表情を浮べたかと思うと、そのまま崩れるように仰向《あおむけ》に倒れてしまいました。

彼が、自殺幇助《ほうじょ》の罪を犯して居ることが、明《あきらか》にされたのです。自殺幇助の罪は、六ケ月以上七年以下の懲役又は禁錮です。若者の訊問が終ると、うまく問い落したと云うような、職務意識から来る得意さと満足とが私の心の裡に湧いて来るのを、禁ずることが出来ませんでした。殆《ほとん》ど、一時間に近い、長い訊問のために、疲れ果てて、蒲団に寝かされた後も、苦しそうに肩で息をして居る若者を、僕は、猟人《かりゅうど》が丁度《ちょうど》自分の射落した獲物をでも見るような眼付で、暫《しば》らくはじっと見詰めて居たのでした。僕の、問の綾《あや》に、うまく引っかかって、案外容易に、自白してしまった若者に、憫《あわれ》みを感じながら、而《しか》も相手の浅墓《あさはか》さを、蔑《さげす》むような心持さえ動いて居たのです。

その時に、警部が僕に近づいて来て、若者には聞えないような低声《こごえ》で、

「一寸《ちょっと》おいで下さい、解剖をやって居ます。」と囁きました。

僕は、それを聞くと、女の屍体のある元の四畳半に帰って行ったのです。遉《さすが》に、女の屍体は、蒲団の上に、真直《まっす》ぐに寝かされて居ました。よれよれに垢じみた綿ネルらしい寝衣《ねまき》を、剝《は》ぎ取られた姿は前よりももっと、みじめな浅ましいものでした。胸の

辺の蒼い瘦せた皮膚には、人間の皮膚らしい弾力が少しも残って居《い》ないのです。露《あら》わに見えて居る肋骨や、トゲトゲしい腕の関節などが、此《こ》の女が十年の悲惨な生活を、マザマザと示して居るのでした。又、その身体の下半部に纏《まと》って居る腰巻が、一目見た者が、思わず顔を背けねばならぬほどヒドいものでした。それは、ネルでしたが地の桃色が褪《あ》せてしまって、所々に白い斑《ぶち》が出来て、それが灰色に汚れて居るのです。よく、注意して見ると、それは普通の婦人がするように、ネルの上に、白木綿を継ぎ足してあるのですが、その白木綿が、鼠色に黒くなって居る所へ、迸《ほとばし》った血がかかった為、白木綿の所までが、ネルの部分と同じように、汚れた桃色に見えて居たのです。女は、見る見る裡に、咽喉の傷口を剖《さ》かれ、胸から腹部へと、次ぎ次ぎに剖《さ》かれて行くのでした。

警察医は、鶏の料理をでもするように、馴れ切った冷静な手付きで、肺や心臓や腸胃などを一通《ひととおり》見た上で、女に肺尖加答児《はいせんカタル》の痕跡があると云いました。

僕は、屍体の解剖を見て居る裡に、自分の気持が鉛のように、重苦しくなって来るのを感じたのです。女の栄養不良の瘦せ果てた身体は、彼女の過去の苦惨な生活を、何よりも力強く、僕の胸に投げ付けるのです。十年もの間、踠《もが》いた末に、尚《なお》こうした地獄の境目を、脱すべき曙光《しょこう》を見出し得ない彼女が、自殺を計ると云うことは、当然過ぎるほど、当然なことのように思われて来たのです。前借と云えば、屹度《きっと》三百円か五百円かの端金《はしたがね》に違いない。そうした金のために、十年の間、心も身体も、滅茶苦茶に苛《さい》なまれた彼女が、他の手段では、脱し切れない境地を、死を以《もっ》て脱しようとすることは、尤《もっと》も至極のことのように思われたのです。現代の売淫《ばいいん》制度の罪悪は、売淫その物にあると云うよりもこうした世界にまでも、資本主義の毒が漲《みなぎ》って居て、売淫者自身の血や膏《あぶら》が、楼主と云ったものを、肥《こや》して居ると云うことです。貧乏な人達の子女が、僅《わず》かな金の為に、身を縛られて、楼主と云ったような連中の餌食《えじき》になって骨まで、舐《しゃぶ》られて居ることです。そう考えて来ると、そうした犠牲者が、その何《ど》うにもならない境地を、死を以《もっ》て脱するのは彼等が、最後の反抗であり唯一の逃路《にげみち》であるように思われて来たのです。

　こうした浅ましい身体で、こうしたみじめな服装をして、浅ましい勤《つとめ》をして居るよりも、一思いに自殺をする方が、この女に、どれ丈《だけ》幸福であるか分らないと思ったのです。

　そのときに、僕は此《こ》の女の自殺を手伝ってやったあの若者のことを考えたのです。此の女は、明《あきらか》に死を望んで居る、そして死ぬ方が、何よりの解脱《げだつ》である。この女が、自殺をしようとして踠《もが》いて居るときに、一寸《ちょっと》短刀を持ち添えて、やったことが、何故犯罪を構成するのだろう。現代の社会の一番不幸な一番不当な間隙に、身を挟まれて苦しんで居る彼女が、死を考えることに何の無理があるだろう。又《また》彼女が、死んだからと云って、何人《なんぴと》が損をすると云うのだろう。楼主が、損をすると云うのか。否、彼は彼女の血と膏《あぶら》とで、もう十分舌鼓を、打った後ではないか。我々が、彼女の死を遮《さえぎ》るべき何の口実も持って居ないのではないか。又縦令《たとえ》、彼女の死を遮り止めたところで、彼女を救ってやる如何《いか》なる方法があるだろう。それだのに、彼女が死を企てたときに一寸《ちょっと》その手伝いをしたあの若者が、何故に罰せられなければならないのだろう。

その時に、僕はふと、先刻《さっき》訊問の手段として、若者に云い聴かせた自分の言葉を思い出したのです。

「……女も可愛いそうじゃないかね。どうせ二人で死んで行くものだもの、女が苦しんで居ればお前も手を執《と》って、力を添えてやるのが人情じゃないか。それが、人間として、美しいことじゃないか。」

自分が、手段のために云ったこうした言葉が、力強く僕の胸に跳ね返って来たのです。あの若者のような場合に、あの若者のような態度に出ることは、何人からも、肯定さるべき、自然な人情ではないか。それが、人間として美しいことではないか。それだのに、自分自身死に損って苦しがって居る彼を、法律は追求して、刑しなければならないのだろうか。

そんなことを、考えて居ると、僕は先刻、傷に悩んで居る青年を、脅したり賺《すか》したりして問い落して得意になって居た自分の態度が、さもしいように考えられて来たのです、僕の職務的良心が、ともすればグラグラに崩れそうになって居たのです。

出張したのは二時頃でしたが、凡《すべ》ての手続が、片づいた頃には、日がとっぷりと暮れて居ました。僕等は、引き上げようとして、俥が来るのを待って居たときです。臨検中は、私人が二階へ上るのを、一切禁じてあったのですが、もう凡てが終ったので、家人の上るのを許したのです。すると、待ち構えて居たように、一番に上って来たのは先刻見かけた此《こ》の家のお主婦《かみ》なのです。

僕の顔を見ると、平蜘蛛《ひらぐも》のように、お辞儀しながら、その癖、額ごしに、冷たい眼で、ジロジロ見て居たかと思うと、云いにくそうに、

「旦那はん。あの指輪《ゆびはめ》、取っても大事おまへんか。」と、こう云うのです。

「指輪！　指輪が、何《ど》うしたのだ。」

お主婦は、一寸《ちょっと》追従笑いをして居ましたが、

「へえ。あの子供がはめて居りますんで。」

僕は、そう聴いたときに、妙な悪感を感ぜずには居られなかったのです。

「じゃ、あの屍体の指には入《い》って居る指輪を欲しいと云うのだな。」

「へえ！　さよで。」

僕は、頭から怒鳴《どな》り付けてやりたいと思ったのです。が、然《しか》し検事としての理性が

僕の感情を抑えたのです。屍体から、指輪を剝《は》ぎ取ると云うこと、それは普通な人情から云えば、どんな債権債務の関係があるにしたところで人間業ではないような恐ろしい事です。けれども、法律的に云えば、それは単に物の位置を移すと云うことに過ぎないのです。

「よろしい。」

僕は、そう苦り切って答える外《ほか》はなかったのです。お主婦《かみ》は、一人では恐いからと云って、刑事に付いて貰《もら》って、屍体のおいてある部屋の方へ行きました。

お主婦の姿を見送った僕の心は、憤懣《ふんまん》とも悲しみとも、憂愁とも付かない、妙な重くるしいその癖張り裂けるような感情で、一杯になって居たのです。

普通の人間が、死んだ場合は、縦令《たとえ》息は絶えて居ても、宛《あたか》も生あるものの如くに、生前以上に尊敬され、待遇されるのに、彼女は――生前踠《もが》きに踠いた彼女は、苛《さいな》まれた上にも苛まれた彼女は――息が絶えると同時に、物自体のように取り扱われ、身に付けて居た最後の扮飾物を、生前彼女を苦しめ抜いた楼主から、奪われなければならぬかと思うと、彼女の薄命に対する同情の涙が、僕の眼の中に汪然《おうぜん》と湧いて来るのを、何《ど》うすることも出来なかったのです。

お主婦は、やがて指輪を抜いて来ました。見ると、それは高々八九円するかしないかの、十四金位の蒲鉾《かまぼこ》形の指輪なのです。僕は、その時ムラムラとして、こんなことを云ったのです。

「お前、その指輪を、何《ど》うするのだ。」

お主婦は、オドオドしながら、

「あの子供に、借金が仰山《ぎょうさん》ありますけに、これでも売って、足しにしようと思うて居るのです。」

「そうか。じゃ、誰かに売るんだな。売るのなら俺に売って呉《く》れんか。何程位《どのぐらい》するんだ、十円なら安くないだろう。」

「へえへえ。結構どす。けど、何やってこんなものをお買《かい》になるのどす。」

「まあ！　いい。」

そう云って、僕はその指輪を買ったのです。

その時、丁度《ちょうど》倬がやって来たのです。僕は、立ち上ると、お主婦が不思議そうに見て居るのにも、介意《かま》わず、錦木の部屋へは入《い》って行ったのです。そしてお主婦から買い取った指輪を、元の瘦せ細った指に入れてやったのです。もう十一月の半ばであるのに、屍体の上に、あせためりんす友禅の単衣しか掛けてないのが、何だか、薄ら寒そうに見えたのです。が、顔丈《だけ》はまことに、眠るが如く眼を閉じて居たのが、その時の僕には、何よりの心やりでした。

僕は僕の後から僕が何をするのだろうとオズオズ見に来たお主婦に叱り付ける様に

云ったのです。

「いいかい。此《こ》の指輪は、錦木のものじゃない。俺のものだぞ。もし、今度この指輪を取ると、ひどい目に合うのだぞ。」

僕は、お主婦が、何か畏《かしこ》まって、云って居るのを聞き流して梯子段を降りたのです。

僕は、俥に乗ってから、立合《たちあい》の警部や刑事の手前、自分の最後の行動が、突飛であったことを後悔したのです。が、後で悔いはしたものの、あの場合の僕は、ああした行動をするような、不思議な興奮に囚《とら》われて居たことは事実です』

忠直卿《ただなおきょう》行状記

一

家康《いえやす》の本陣《ほんじん》へ呼び附《つ》けられた忠直卿の家老達は、家康から一溜《ひとたま》りもなく叱り飛ばされて散々の首尾であった。

「今日井伊《いい》藤堂《とうどう》の勢《ぜい》が苦戦したを、越前《えちぜん》の家中の者は昼寝でもして、知らざったか、両陣の後を詰めて城に迫らば大阪の落城は目前であったに、大将は若年なり、汝等は日本一の臆病人《おくびようにん》ゆえ、あたら戦《いくさ》を仕損じてしもうたわ。」と苦り切って罵《ののし》ったまま、家康はつと座を立ってしまった。

国老の本多《ほんだ》富正《とみまさ》は、今日の合戦《かっせん》の手に合わなかった事に就《つい》ては、多少の云《い》い訳は持ち合わして行ったのだが、こう家康から高飛車に出られては、口を出す機会さえなかった。

で、仕方がないと云《い》うよりも、這々《ほうほう》の体《てい》で本陣を退って、越前勢の陣所へ帰って来たものの、主君の忠直卿に復命するのに、何《ど》う切り出してよいか、悉《ことごと》く当惑した。

越前少将忠直卿は、二十一になったばかりの大将であった。父の秀康卿《ひでやすきょう》が慶長十二年閏四月に薨《こう》ぜられた時、僅《わずか》十三歳で、六十七万石《ごく》の大封《たいほう》を継《つ》がれて以来、今迄《まで》此世《この》の中に、自分の意志よりも、もっと強力な意志が存在して居《い》る事を、全く知らない大将であった。

生れたままの、自分の意志——と云うよりも我意を、高山の頂に生《お》いたった杉の樹のように矗々《ちくちく》と冲《ひい》らして居る大将であった。今度の出陣の布令が越前家に達した時も、家老達は腫《は》れ物《もの》に触るように恐る恐る御前《ごぜん》にまかり出でて、

「御所様から、大阪表へ御出陣あるよう御懇篤《ごこんとく》な御依頼の書状が到着致しました。」

と、言上《ごんじょう》した。家老達は、今迄《まで》にその幼主の意志を、絶対のものにする癖が附《つ》いて居《い》た。

夫《それ》が、今日は家康の叱責を是非とも忠直卿の耳に入れねばならない。生れて以来叱られるなどと云う感情を、夢にも経験した事のない主君に対して、大御所の烈しい叱責がどんな効果を及ぼすかを、彼等は恟々《きょうきょう》として考えねばならなかった。

彼等が帰って来たと聞くと、忠直卿は直ぐ彼等を呼び出した。

「お祖父様は何と仰《おお》せられた。定めし、所労のお言葉をでも賜《たま》わったであろう。」と、忠直卿は機嫌よく微笑をさえ含んで訊《き》いた。そう訊かれると、家老達は今更《いまさら》の如《ごと》く狼狽《ろうばい》した。が、漸《ようや》く覚悟の臍《ほぞ》を決めたと見えて、その中の一人は恐る恐る、

「いかいお思召《ぼしめし》違いに御座《ござ》ります。大御所様には、今日越前勢が合戦の手に合わざったを、お怨《うらみ》に御座ります。」と、云ったまま、色を易《か》えて平伏した。

人から非難され叱責されると云う感情を、少しも経験した事のない忠直卿は、その感情に対して何等の抵抗力も、節制力も持って居なかった。

「えい！ 何と云う仰《おお》せだ。この忠直が御先を所望してあったを、お許されもせいで、左様な無体《むたい》を仰せらるる。所詮は、忠直に死ね！ と云うお祖父様の謎じゃ。其方達も死ね！ 我も死ね！ 明日の戦には、主従挙《こぞ》って鋒鏑《ほうてき》に血を注ぎ、城下に尸《かばね》を晒《さら》すばかりじゃ。軍兵にも、そう伝えて覚悟致《ど》させよ。」と叫んだ忠直卿は膝に置いて居た両手をぶるぶると顫《ふる》わせたかと思うと、何うにも堪《たま》らないように、小姓の持って居た長光《ながみつ》の佩刀《はいとう》を抜き放って、家老達の面前へ突き附《つ》けながら、

「見い！ 此《この》長光で秀頼《ひでより》公のお首をいただいて、お祖父様の顔に突き附けて見せるぞ。」と、云うかと思うと、その太刀《たち》を二三度、坐りながら打ち振った。まだ二十を出たばかりの忠直卿は、時々こうした狂的に近い発作に囚《とら》われるのであった。

家老達も、御父君秀康卿以来の癇癪《かんしゃく》を知って居る為に、ただ疾風《はやて》の過ぎるのを待つ

ように耳を塞《ふさ》いで俯伏《つっぷ》して居るばかりであった。

元和元年五月七日の朝は、数日来の陰天名残《いんてんなごり》なく晴れて、天色殊《こと》の外和清《ほかわせい》であった。

大阪の落城は、もう時間の問題であった。後藤又兵衛《またべえ》、木村長門《ながと》、薄田隼人正《すすきだはやとのしょう》等、名ある大将は、六日の戦に多くは覚悟の討死《うちじに》を遂げてしまって、ただ真田左衛門《さなださえもん》や長曾我部盛親《ちょうそかべもりちか》や、毛利豊前守《もうりぶぜんのかみ》などが、最後の一戦を待って居るばかりであった。

将軍秀忠は、此日寅《このとら》の刻に出馬した。松平筑前守利常《まつだいらちくぜんのかみとしつね》、加藤左馬助嘉明《さまのすけよしあき》、黒田甲斐守長政《かいのかみながまさ》を第一の先手《さきて》として旗を岡山の方へと進めた。

家康は卯《う》の刻、輿《こし》にて進発した。藤堂高虎《とうどうたかとら》が来合わせて、

「今日は御具足を召さるべきに。」と、云うと家康は例の狡《わるがしこ》そうな微笑を洩《もら》しながら、

「大阪の小倅《こせがれ》を討つに、具足は不用じゃわ。」と云って、白袷《しろあわせ》に茶色の羽織を着、下《しも》括《くく》りの袴《はかま》を穿《は》いて手には払子《ほっす》を持って絶えず群がって来る飛蝿を払って居《い》た。内藤掃部頭正成《かものかみまさなり》、植村出羽守家政《でわのかみいえまさ》、板倉内膳正重正《ないぜんのしょうしげまさ》等近臣三十人ばかり輿に従って進んだ。

本多佐渡守正純《さどのかみまさずみ》は、家康と寸も違わぬ服装で、山輿に乗って家康の後に、直《す》ぐ引き添《そ》うた。

見ると、岡山口から天王寺口にかけて、十五万に余る惣軍《そうぐん》は、旗差物《はたさしもの》を初夏の風に飜《ひるがえ》し、兜《かぶと》の前立物を日に輝し、隊伍《たいご》を整え陣を堅《かた》めて、攻撃の令の下るのを今や遅

しと待って居た。

が、攻撃の令は容易に下らないのみか、御所の使番が三騎、白馬を飛ばして、諸陣の間を駈け廻りながら、

「義直頼宣《よしなおよりのぶ》の両卿を、とりかわせ給うに依《よ》り、先手《さきて》軍を始める事暫《しばら》く延引し、馬をば一二町も退け、人々馬より下り、鑓《やり》を手にして重ねての命を待つべし」と、布《ふ》令《れ》渡《わた》った。

家康も、今日を最後の手合せと見て、愛子の義直頼宣の二卿に兜首《かぶとくび》の一つでも取らせてやりたいと云う心があったのだろう。が、此《この》布令を聞いた気早の水野勝成《かつなり》は、使番を尻目《しりめ》にかけながら、

「はや巳《み》の刻に及び候《そうろう》、茶臼山《ちゃうすやま》の敵陣次第にかさみ見えて候、速《すみやか》に戦を取結びて然るべしと大御所に伝えよ。」と怒鳴った。が、此《この》二人の使番が引取ったかと思うと、再び四騎の使番が惣軍の間を縦横に飛び違って、

「方々《かたがた》、合戦をとりかくべからず、閑《しずか》に重ねての令を待つべし。」と、ふれ渡った。

併《しか》し、昨夜の昂奮《こうふん》を持ち続けて、殆《ほとん》ど不眠の有様で、今日の手合せを待って居たわが越前少将忠直卿は、かかる布令を聞かばこそ、家老吉田修理《しゅり》に真先かけさせ、国老の両本多を初《はじめ》、三万に近い大軍を、十六段に分け、加《か》賀《が》勢《ぜい》の備えたる真中を駈け抜け、加賀勢の怒り止むるに答えず、無二無三に天王寺の方、茶臼山の前迄《まで》おし詰め、此地

の先手本多出雲守忠朝《いずものかみただとも》の備《そな》えより少し左に、鶴翼《かくよく》に陣を張った。
此《この》時初めて、将軍から、
「城兵は寄手を引き寄せて、夜を待つ様《よう》に見え候、早く戦いを令すべし。」と、云《い》う
軍令が諸陣の間にふれ渡された。
が、忠直卿は軍令の出《い》づるのを、待っては居なかった。本多忠朝の先手が、二三発
敵にさぐりの鉄砲を放つと等しく越前勢忽《たちま》ち七八百挺《ちょう》の鉄砲を一度に打ち掛け、立ち
籠《こ》めた烟《けむり》の中を潜《くぐ》って、十六段の軍勢林の動くが如《ごと》く一同茶臼山に打ってかかった。
青屋口から茶臼山にかけての軍勢は、真田《さなだ》左《さ》衛門尉《えもんのじょう》幸村《ゆきむら》父子、少し南に伊木七郎右
衛門遠雄、渡辺内蔵助糺《くらのすけただす》、大谷大学吉胤《おおたにだいがくよしたね》等が堅めて、惣勢《そうぜい》六千を僅《わず》かに出で居《い》るに過
ぎなかった。
殊《こと》に越前勢は目に余る大軍なり、大将忠直卿は今日を必死の覚悟と見えて、馬上に
軍配を捨てて大身《おおみ》の槍《やり》を扱《しご》きながら、家臣の止むるを聞かず、先へ先へと馬を進めら
れた。
大将が、此《この》有様であるから、軍兵悉《ことごと》く奮《ふる》い立って火水になれと戦かったから、越
前勢の向う所、敵勢草木の如く靡《なび》き伏して、本多伊予守忠昌《ほんだいよのかみただまさ》が、城中にて撃剣《げきけん》の名を
得たる、念流左太夫《ねんりゅうさだゆう》を討ち取ったを初とし、青木新兵衛、乙部《おとべ》九郎兵衛、荻田《おぎた》主馬《しゅめ》、
豊島主膳《とよしましゅぜん》等功名する者数多《あまた》にて、茶臼山より庚申堂《こうしんどう》に備えたる真田勢を一気に斬り崩

し、左衛門尉幸村をば西尾仁左衛門《にしおにざえもん》討ち取り、御宿越前《みしゆくえちぜん》をば野本右近《うこん》討ち取り、逃ぐる城兵の後を慕うて、仙波《せんば》口より黒門へ押入《おしい》り旗を立て、城内所々に火を放った。敵の首を取る三千六百五十二級、此日《この》の功名忠直卿の右に出づるはなかった。

忠直卿は茶臼山に駒を立てて居たが、越前勢の旗差物が潮のように濠《ほり》を塞《ふさ》ぎ、曲輪《くるわ》に溢れ、寄手の軍勢から一際鋭角を作って、大阪城の中へ楔《くさび》の如く喰《く》い入って行くのを見ると、他愛もない児童《こども》のように鞍壺《くらつぼ》に躍《おど》り上って欣《よろこ》んだ。

先手の者が馳《は》せ帰って、

「青木新兵衛大阪城の一番乗仕《つかまつ》って候。」と、注進に及ぶと、忠直卿は相好《そうごう》を崩されながら、

「新兵衛の武功第一じゃ――五千石の加増じゃと早々伝えよ。」と、勇み立とうとする乗馬を、乗り静めながら狂気の如《ごと》くに叫んだ。

武将として何と云う光栄であろう。寄せ手をあれ程《ほど》に駈け悩ました左衛門尉の首を揚《あ》ぐるさえあるに、諸家の軍勢に先だって一番乗りの大功を我軍中に収むるとは、何と云う光栄であろうと、忠直卿は思った。

忠直卿は家臣等の奇蹟《きせき》のような働きを思うと、夫《それ》が凡《すべ》て自分の力、自分の意志の反映であるように思われた。昨日《きのう》祖父の家康に依《よ》って彼の自尊心に蒙《こうむ》らされた傷が、拭《ぬぐ》い去られた如《ごと》く消失したばかりでなく、忠直卿の自尊心は前よりも、数倍の強さと烈

しさを加えた。

大阪城の寄手に加って居る百に近い大名の中、功名自分に及ぶ者は一人もないと思うと、忠直卿は自分の身体が輝くかと思うばかりに、豊満な心持になって居《い》た。が、夫《それ》も決して無理ではない、驍勇無双《ぎょうゆうむそう》の秀康卿の子と生れ、徳川の家には嫡々《ちゃくちゃく》の自分であると思うと、今日の武勲《ぶくん》の如きは当然過ぎる程、当然のように思われて、忠直卿は得々たる感情が心の裡に洶湧《きょうよう》するのを制し兼《か》ねた。

「お祖父様は此《この》忠直を見損うて、おわしたのじゃ。御本陣に見参して何と仰せられるか聴こう。」と、思い附《つ》くと、忠直卿は岡山口へ本陣を進めて居た家康の膝下《しっか》に急いだのである。

家康は牀几《しょうぎ》に倚《よ》って、諸大名の祝儀を受けて居たが、忠直卿が着到すると、わざわざ牀几を離れ、手を取って引き寄せながら、

「天晴《あっぱれ》仕出かした。今日の一番功ありてこそ誠にわが孫じゃぞ。御身の武勇唐《もろこし》の樊《はん》噲《かい》にも右《みぎ》は勝《まさ》りに見ゆるぞ、まことに日本樊噲《はんかい》とは御身の事じゃ。」と、向う様《ざま》に賞《ほ》め立てた。

一本気な忠直卿は、こう賞められると、涙が出るほど嬉しかった。彼は同じ人から、昨日《きのう》叱責された恨みなどは、もう微塵《みじん》も残って居《い》なかった。

彼はその夜、自分の陣所へ帰って来ると、家臣を蒐《あつ》めて大酒宴《だいしゅえん》を催《もよお》した。自分が何

者よりも強く、誰人《だれびと》よりも勝って、祖父家康の賞め言葉の『日本樊噲《はんかい》』と云う言葉が、まだ物足りぬようにさえ思われ出した。

彼は、大阪城が全く暮《く》れてしまった空に、まだ所々真紅に燃え盛って居《い》るのを見ながら、夫《それ》を今日の自分の大功の表章として享楽しながら、頻《しきり》に大杯を重ねるのであった。

得意な上ずった感情の外《ほか》には、忠直卿の心には何物も残って居なかった。

超えて翌月の五日に城攻めに加わった諸侯が、京の二條城に群参した時に家康は忠直卿の手を取りながら、

「御身が父秀康世にありしほどは、よく我《われ》に忠孝を尽《つく》して呉《く》れたるわ、汝は又此度諸軍に優れし軍忠を現したること、満足の至りじゃ。之《これ》に依《よ》って感状を授けんと思えど、家門の中なれば夫にも及ぶまい。わが本統のあらん限り越前の家また磐石《ばんじゃく》の如《ごと》く安泰じゃ。」と云いながら、秘蔵の初花《はつはな》の茶入を忠直卿に与えた。忠直卿は此《この》上なき面目を施《ほどこ》して、諸大名の列座の中に自分の身の燦《さん》として光を放つ如く覚えた。彼は天下に欠くる物もないような足り充ちた感情が、胸の裡にムズムズと溢れて来るのを覚えた。

元より彼の意志が何等の制限を蒙《こうむ》らず、彼の感情が常に豊満して居《い》る事は、決して今に始まった事ではなかった。幼年時代からも彼の意志と感情とは、外部からは何等《なんら》の抑制も被《こうむ》らず、思う儘《まま》に伸び思う儘に溢れて居たのであった。彼は今迄《まで》如何《いか》なる事に

与《たずさ》わっても人に劣り、人に負けたと云う記憶を持って居《い》なかった。幼年時代に破魔弓《はまゆみ》の的を競えば勝利者は必ず彼であった。福井の城下へも京の公卿が蹴鞠《けまり》の戯《たわむ》れを伝えて、夫が城中にも屢々《しばしば》行われた時、最も巧みに蹴る者は彼であった。囲碁将棋双六《すごろく》と云うもてあそびものに於《おい》ても、彼は大抵の場合勝者であった。元より弓馬槍剣《そうけん》と云ったような、武士に必須な技術に於いては彼の伎倆《ぎりょう》は忽《たちま》ちに上達して、最初同格であった近習達をグングン追い越して、家中に於《お》いて其《その》道に名誉の若武士達にも忽ちに打ち勝つ程の上達を示すのを常とした。

こうして、周囲の者に対する彼の優越感情は年と共に培われて来た。そして、自分は家臣共からは全く質の違った優良な人格者であると云う確信を、心の奥深く養ってしまったのである。

が、忠直卿の心には、家中の人間の誰よりも立ち勝って居ると云う確信はあるものの、今度大阪に出陣して以来は、功名を競う相手は、自分と同格な諸大名であるので、若《も》しや自分が彼等《かれら》の何人かに劣っては居《い》はしまいか、殊《こと》に武将としては最も本質的な職務たる戦争に於《おい》て、思わざる不覚を取りはしまいかと、少しく憂慮を懐かぬ訳には行かなかった。果して五月六日の手合せには、遂に出陣の時刻を遅らせた為に、思わぬ不覚を取って、今迄《まで》懐いて居《お》った強い自信を危く揺がせようとしたのであったが、同じ七日の城攻めの功名に依《よ》って傷ついた自信は名残りなく償《つぐな》われたばかりでなく、一番乗りの功を収めて、越前勢の武名惣軍を圧するに至ったのであるから、自分が家臣の誰人よりも秀れて居《い》ると云う忠直卿の自信が、今ではもっと拡大して、自分は城攻めに備わった六十諸侯の何人よりも秀れて居ると云う自信に移りかけて居た。大阪陣を通じて三千七百五十級の首級を挙げ、而《しか》も城将左衛門尉幸村の首級を挙げたものは、忠直卿の軍勢に相違なかったのだ。

忠直卿は初花の茶入と、日本樊噲《はんかい》と云う美称とを、自分が何人よりも秀れたる人間であると云う、証券として心の裡に銘じた。

晴々とした心持であった。そこに並んで居る大名小名百二十名は、悉《ことごと》く忠直卿に讃美の眸を向けて居る様に思われた。

彼は、今迄《まで》自分の臣下の何人よりも、自分が優秀な人間であることを誇りとして居た。が、比べて居る相手は悉く自分の臣下であることが物足らなかった。然《しか》るに、今は天下の諸侯の何人よりも真先に、大御所から手を取って歓待を受けて居る。

自分には叔父に当る義直卿も頼宣卿も、何の功名をも挙げて居ない。まして同じく叔父に当る、越後《えちご》侍従《じじゅう》忠輝《ただてる》卿は七日の合戦の手に合わず散々の不首尾である。伊達《だて》、前田、黒田と云う聞えた大藩《たいはん》の勲功も越前家の功名の前には、月の前の蛍火よりもまだ弱い。

こう考えると、忠直卿は家康の過ぐる日の叱責に依《よ》って、一旦傷つけられようとした他人に対する優越感が、見事に恢復《かいふく》されたばかりでなく、一旦傷つけられた丈《だけ》にその反動として、恢復された夫《それ》は以前のものよりも、もっと輝やかしい力強いものであった。

こうして越前少将忠直卿は、天下第一人と云《い》ったような誇《ほこり》を持しながら、その年八月都を辞して揚々《ようよう》とした心持で、居城越前の福井へ下った。

二

越前北の庄《しょう》の城の大広間に、今銀燭《ぎんしょく》は眩《まば》ゆいばかりに数限りもなく燃え旺《さか》って居《い》る。その白蠟が解けて流れて、蠟受けの上にうず高く溜って居るのを見れば、余程《よほど》酒宴の刻《とき》が移って居るのであろう。

忠直卿は国に就《つ》かれて以来、昼間は家中の若武士を蒐《あつ》めて弓馬槍剣と云ったような武術の大仕合を催し、夜は彼等をその儘《まま》に引き止めて、一大無礼講《ぶれいこう》の酒宴を開くのを常とした。

忠直卿は、祖父の家康から日本樊噲《はんかい》と媚《こ》びられた名が、心を溶かすように嬉しくて堪《たま》らなかった。彼は家中の若武士と槍を合わし、剣を交じえ、彼等を散々に打ち負かすことに依《よ》って、自分の誇《ほこり》を養う日々の糧《かて》として居たのであった。

今も、忠直卿を上座として、一段下った広間に大きい円形を描いて居る若武士は、数多い家中の若者の中から選ばれた武芸の達者であった。まだ前髪のある少年も打ち交じって居たが、孰も筋骨逞《たく》ましく潑剌《はつらつ》たる眸を持って居る。が、城主の忠直卿の風貌は、彼等よりも一段秀れて颯爽《さっそう》たるものであった。稍《やや》肉落ちて瀟洒《しょうしゃ》たる姿ではあるが、その炯々《けいけい》たる眸は殆ど怪しき迄《まで》に鋭い力を放って、精悍の気眉宇《びう》の間に溢れて見えた。

忠直卿は、今微酔の廻りかけて居る眼を開いて、一座をズーッと見廻わされた。其処《そこ》に居並んで居る百に余る青年は、皆自分の意志に依《よ》っては、水火をも辞さない人々であることを思うと、彼は心の内から、こみ上げて来る権力者に特有な誇を、感ぜずには居なかった。

が、彼の今宵《こよい》の誇は夫丈《それだけ》には止まって居《い》なかった。彼は武士としての実力に於《おい》ても、茲《ここ》に蒐《あつま》って居る凡《すべ》ての青年に打ち勝ったと云うことが、彼の誇を二重のものにしてしまった。

彼は今日も亦《また》、家臣を集めて槍術の大仕合を催《もよお》した。夫は家中から槍術に秀れた青年を蒐めて、夫《そ》れを二組に別けた紅白の大仕合であった。

そして、彼自ら紅軍に大将として出場したのである。仕合の形勢は始終紅軍の方が不利であった。出る者も、出る者も、敵の為にバタバタと倒されて、紅軍の副将が倒れた時には、白軍には尚《なお》五人の不戦者があった。

其《その》時に、紅軍の大将たる忠直卿は、自ら三間柄の大身《おおみ》の槍をリュウリュウと扱《しご》いて勇気凜然《りんぜん》と出場した。洵《まこと》に山の動くが如《ごと》き勢であった。白軍の戦士は見る見る裡《うち》に威圧された。最初に出た小姓頭《こしょうがしら》の男は兼々《かねがね》忠直卿の猛勇《もうゆう》を怖れて居《い》る丈《だけ》に、槍を合わすか合わさぬかに、早くも持って居た槍を捲《ま》き落されて、脾腹の辺を突かれると、悶絶《もんぜつ》せんばかりに平《へ》たばってしまった。続く馬廻りの男と、お納戸役の男も一溜りもなく突き伏せられてしまった。が、白軍の副将の大島左太夫《さだゆう》と云う男は、指南番大島左膳《さぜん》の嫡子であって、槍を取っては家中無双の名誉を持って居《い》た。

『殿のお勢も、左太夫にはちと難しかろう。』と、云う囁《ささや》きが何処ともなく起った。が、烈《はげ》しく七八合《ごう》槍を合わせたかと見ると、左太夫は、したたかに腰の辺を一突き突かれて、よろめく所をつけ入った忠直卿の為に、再び真正面から胸の急所を突かれて居た。見物席に居た家中一統は、思う存分に喝采《かっさい》した。忠直卿は、稍《やや》息のはずまれるのを、制しながら静かに、相手の大将の出るを待った。心の裡は何時《いつ》ものように、得意の絶頂であった。

白軍の大将は小野田右近《おのだうこん》と云った。十二の年から京に於《お》ける槍術の名人権藤左門《ごんどうさもん》の門に入って、二十の年には、師の左門にさえ突き勝つ程の修練を得て居た。が、忠直卿は何物をも怖れない。「えい！」と鋭く声を掛けられると、猛然として突き掛った。

ただ技術の力と云うよりも、そこには六十七万石の国主の勢さえ加わる如《ごと》く見えた。二十合にも近い烈しい戦が続いたかと思うと、右近は右の肩先に忠直卿の烈しい一突きを受けて、一間ばかり退くと、

「参りました。」と、平伏してしまった。

見物席の人々は、北の庄の城の崩るるばかりに喝采した。忠直卿は得意の絶頂にあった。上席に帰ると、彼は声を揚げて、

「皆の者大儀《たいぎ》じゃ、いで之《これ》から慰労《いろう》の酒宴を開くと致そうぞ。」と、叫んだのであった。

彼は近頃にない上機嫌であった。酒宴の進むに連れ、寵臣《ちょうしん》は代る代る彼の前に進んだ。

「殿！　大阪陣で矢石《しせき》の間を往来せられまして以来は、また一段と御上達遊ばされましたな。我等《われら》如《ごと》きはもはや殿のお相手は仕《つかまつ》り兼ねます。」と申し上げた。大阪陣の話をさえすれば、忠直卿は他愛もなく機嫌がよかった。

が、忠直卿もいたく酔ってしまった。一座を見ると、正体もなく酔い潰れて居《い》る者が、大分多くなって居る。管《くだ》を捲《ま》く者もある、小声で隆達節《りゅうたつぶし》を唄って居る者もある。酒宴の興は殆《ほとん》ど、尽きかけて居る。

忠直卿はふと奥殿に漲《みなぎ》って居る異性の事を思い出すと、男ばかりの酒宴が殺風景に思われて来た。彼はつと立って、

「皆の者許せ！」と云い捨てたまま座を立った。遉《さすが》に酔い潰れた者も、居住いを正して平伏した。今迄《まで》眠りかけて居た小姓《こしょう》達は、ハッと目を覚して主君の後を追った。

忠直卿が、奥殿へ続く長廊下へ出ると、冷い初秋の風が頰に快かった。見ると、外は十日ばかりの薄月夜で、萩《はぎ》の花がほの白く咲きこぼれて居る辺から、虫の声さえ聞えて来る。

忠直卿は、庭へ下りて見たくなった。奥殿からの迎いの侍女達を帰して、小姓を一人連れたまま、庭に下り立った。庭の面《も》には、夜露がしっとりと降りて居る。微《かす》かな月光が城下の街を、玲瓏《れいろう》と澄み渡る夜の大気の裡に、墨絵《すみえ》の如《ごと》く浮ばせて居る。

忠直卿は久し振《ぶり》に、こうした静寂の境に身を置くことを欣《よろこ》んだ。天地は寂然として静である。ただ彼が見捨てて来た城中の大広間からは、雑然たる饗宴《きょうえん》の叫びが洩《も》れて来る。夫《それ》も彼が座を立ってからは、一段と酒席が擾《みだ》れたと見え、吾妻拳《あずまけん》を打つ掛声までが交って聞える。が、夫《それ》も余程《よほど》の間隔があるので、そう五月蠅《うるさ》くは耳に響いて来ない。

忠直卿は萩の中の小径を伝い、泉水の縁《ふち》を廻《めぐ》って小高い丘に在る四阿《あずまや》へと、は入《い》った。其処《そこ》からは信越の山々が、微かな月の光を含んで居る空気の中に、朧《おぼろ》に浮いて見

える。忠直卿は、今までの大名生活に於《お》いて、未《いま》だ経験した事のないような、感傷的な心持に囚《とら》われて、思わず其処《そこ》に小半刻を過した。

するとふと人声が聞える。今迄《まで》寂然として、虫の声のみが淋しかった処《ところ》に、人声が聞え出した。声の様子で見ると、二人の人間が話しながら、四阿《あずまや》の方へ近よって来るらしい。

忠直卿は、今自分が享受して居る静寂な心持が、不意の侵入者に依《よ》って掻き擾《みだ》されるのが、厭《いや》であった。

併《しか》し、小姓をして、近寄って来る人間を追わしむる程、今宵《こよい》の彼の心は荒《すさ》んでは居なかった。二人は話しながら、段々近づいて来る。四阿《あずまや》の裡へは月の光が射さぬので、其処《そこ》に彼等の主君が居ようとは、夢にも気附《きづ》いて居ないらしい。

忠直卿は、その二人が誰であるか、見極めようとは思って居なかった。が、二人の声が段々近づいて来ると、夫《それ》が誰と誰とであるかが自然と判《わか》って来た。稍《やや》潰れたような声の方は、今日の大仕合に白軍の大将を勤めた小野田右近である。疳高《かんだか》い上ずった声の方は、今日忠直卿に一気に突き伏せられた白軍の副大将大島左太夫である。二人は先刻《さっき》から、何でも今日の紅白仕合に就《つ》いて話して居るらしい。

忠直卿は、大名として生れて初めて、立聞きをすると云う不思議な興味を覚えて、思わず注意を、その方へ集注させた。

二人は、四阿《あずまや》からは三間とは離れない泉水の汀《みぎわ》で、立ち止まって居るらしい。左太夫は、心持声を潜《ひそ》めたらしく、

「時に殿の御腕前を何《ど》う思う?」と、訊いた。

右近が、苦笑をしたらしい気勢《けはい》がした。

「殿のお噂か! 聞えたら切腹物じゃのう。」

「蔭では公方《くぼう》のお噂もする。何《ど》うじゃ、殿の御腕前は? 真実《ほんとう》の御力量は?」と、左太夫は、可《か》なり真剣に訊いて、じっと息を凝《こら》して、右近の評価を待って居るようであった。

「さればじゃのう! いかい御上達じゃ。」と、云ったまま右近は、言葉を切った。

忠直卿は、初めて臣下の偽らざる賞讃を聞いたように覚えた。が、右近はもっと言葉を続けた。

「以前ほど、勝をお譲《ゆず》り致すのに、骨が折れなくなったわ。」

二人の若武士は、其処《そこ》で顔を見合わせて会心の苦笑をしたらしい気勢がした。

右近の言葉を聞いた忠直卿の心の中に、そこに突如として感情の大渦巻が声を立てて流れ始めたのは無論である。

忠直卿は、生れて初めて、土足を以《もっ》て、頭上から蹂《ふ》み躙《に》じられたような心持がした。彼の唇はブルブルと顫《ふる》え、惣身《そうみ》の血潮が煮えくり返って、グングン頭へ逆上するよう

に思った。

右近の一言に依《よ》って、彼は今迄《まで》自分が立って居《お》った人間として最高の脚台《あしだい》から、引きずり下ろされて地上へ投げ出されたような、名状し難い衝動《ショック》を受けた。夫《それ》は、確に激怒に近い感情であった。併《しか》し、心の中で有り余った力が、外にハミ出したような激怒とは、全く違ったものであった。その激怒は外面は、旺《さか》んに燃え狂って居るものの、中核の処《ところ》には癒《いや》しがたい淋しさの空虚が、忽然《こつぜん》と作られて居る激怒であった。彼は世の中が、急に頼りなくなったような、今までの凡《すべ》ての生活、自分の持って居た凡ての誇《ほこり》が、悉《ことごと》く偽の土台の上に立って居た事に気が附《つ》いたような淋しさに、ひしひしと襲われて居た。

彼は小姓の持って居る、佩刀《はいとう》を取って、即座に両人を切って捨てようかと、息込んだが、そうした烈しい意志を遂げる強い力は、此時《この》の彼の心の裡には少しも残っては居なかった。

其上《その》、主君として臣下から偽りの勝利を媚《こ》びられて得意になって居た自分が浅ましいと同時に、今両人を手刃《しゅじん》して、その浅ましい事実を、自分が知って居ると云う事を、家中の者に知らせるのも彼にとっては可《か》なりの苦痛であった。忠直卿は、胸の内に湧き返る感情をじっと抑えて、如何《いか》なる行動に出づるのが、一番適当であるかを考えた。

余りに不用意にこうした経験に出会した為、ただささえ昂奮し易い忠直卿の感情は収拾の附《つ》かぬほど混乱した。

忠直卿の傍に、先刻《さつき》から置物のようにじっとして、蹲《うずく》まって居た聡明な小姓は、這《さすが》に此《この》危機を十分に知って居《い》た。二人の男に、茲に彼等の主君が居ることを教えねば、何《ど》んな大事が起るかも知れぬと思った。彼は、主君の凄《すさ》まじい顔色を窺《うかが》いながら、二三度小さい咳をした。

小姓の小さい咳は、此《この》場合甚《はなは》だ有効であった。右近と左太夫とは、附近《ふきん》に人が居るのを知ると、ハッとしてその冒瀆《ぼうとく》な口を緘《つぐ》んだ。

二人は云い合わしたように足早く大広間の方へと去ってしまった。

忠直卿の眸は、怒に燃えて居た。が、その頰は凄じいまでに蒼《あお》ざめて居る。

彼の少年時代からの感情生活は、右近の一言に依《よ》って、物の見事に破産してしまって居た。彼が幼にして、遊戯をすれば近習の誰よりも巧みであった事や、破魔弓《はまゆみ》の的を競えば近習の何人よりも多く命中矢《あたりや》を出した事や、習字の稽古《けいこ》の筆を取れば、祐筆《ゆうひつ》の老人が膝頭《ひざがしら》を叩いて、彼の手蹟《しゅせき》を賞讃した事などが、皆不快な記憶として彼の頭に一時に蘇《よみがえ》って来た。

武術の方面に於《お》いても、そうであった。剣を取っても、槍を取っても、忽《たちま》ち相手をする若武士に打ち勝つ程の腕に瞬く間に上達した。彼は今迄《まで》自分を信じて来た。自分の実力を飽《あ》く迄《まで》信じて来た。今右近等の冒瀆な蔭口を耳にしても、夫《それ》が彼等の負け惜《お》しみであるとさえ、ともすれば思う程である。

併《しか》し、今日の右近の言葉は、その言葉が発せられた時と場合とを考えれば、決して冗談でもなければ嘘でもなかった。

自信に充《み》ち満ちて居た忠直卿の耳にも正真の事実として、聞えぬ訳には行かなかった。

右近の言葉は、彼の耳朶《じだ》の裡に彫り附《つ》けられたように、残って居る。考えて見ると、忠直卿は今日の華々《はなばな》しい勝利の中でも、何処迄《まで》が本当で、何処からが嘘だか判らなくなった。否《いな》今日のみではない。生れて以来幾度も試みた遊戯や仕合で、自分が占《し》めた数限りのない勝利や、優越の中で、何《ど》れ丈《だけ》が本物で何《ど》れ丈《だけ》が嘘のものだか、判《わか》らなくなった。そう考えると、彼は心の中を掻《か》きむしられるような、烈しい焦躁《しょうそう》を感じた。彼とても、臣下の凡《すべ》てから偽の勝利を奪って居るのではない。否《いな》その中の多くの者には、正当に勝って居るのだ。それだのに右近や左太夫などの不埒者《ふらちもの》の居る為に、自分の勝利が、凡《すべ》て不純の色彩を帯びるに至ったのだと思うと、彼は今右近と左太夫とに対し、旺然たる憎悪を感じ始めたのである。

が、夫《それ》ばかりではなかった。こうなると、つい三月ばかり前に、大阪の戦場に立てた偉勲《いくん》さえ、何《な》んだか怪しげな正体の判らぬもののように、忠直卿の心の中に思われた。彼が、今まで誇として居た日本樊噲《はんかい》と云う称呼さえ、何だか人を馬鹿にしたような、誇張を伴うて居るようにさえ思われ出した。家臣どもから、いい加減に扱われて居た自分は、お祖父様からも手軽に、操られて居るのではないかと思うと、忠直卿の眸には、初めて不覚の涙が滲《に》じみ始めた。

三

無礼講《ぶれいこう》の酒宴に、グタグタに酔ってしまった若武士達は、九つのお土圭《とけい》が鳴るのを合図に総立になって退出しようとすると、急にお傍用人《そばようにん》が奥殿から駈《か》け附《つ》けて来た。

「各々方《おのおのがた》、静まられい！　殿の仰せらるるには、明日は犬追物《いぬおうもの》のお催しがあるべき筈の所、急に御変改があって、明日も、今日同様、槍術の大仕合いを催せらるる、時刻と番組とは凡《すべ》て今日に変らぬとの仰《おお》せじゃ。」と、双手を挙げて大声に布令廻《ふれまわ》った。

若武士の中には『やれやれ明日もか。』と思う者もあった。今日の勝利を、もう一度繰返すのかと、北叟笑《ほくそえ》む者もあった。が、多くの者は、酒を呑んだ後の勇ましい元気で、

「毎日続こうとも結構じゃ。明日もまたお振舞酒《ふるまいざけ》に思い切り酔う事が出来る。」と、勇み立った。

その翌日は、昨日《きのう》と等しく城中の兵法座敷《ざしき》は、美しく掃《は》き浄《きよ》められて、紅白の幔幕《まんまく》が張り渡され、上座には忠直卿が昨日《きのう》と同様に座を占めたが、始終下唇を噛《か》むばかり

でなく、眸が爛々《らんらん》として燃えて居た。

勝負は、昨日と殆《ほとん》ど同様な情勢で進展した。が、昨日《きのう》の勝敗が皆の心にマザマザと残って居るので組合せの多くは一方に取っては雪辱戦であったから、掛け声は昨日にも勝《ま》して烈《はげ》しかった。

紅軍は、昨日よりも更に旗色が悪かった。大将の忠直卿が出られた時には、白軍には大将副将を初め、六人の不戦者があった。

見物の家中の者共が、不思議に思う程、忠直卿は興奮して居た。タンポの附《つ》いた大身の槍を、熱に浮かされた男のように妄《みだり》に打ち振った。最初の二人は腫れ物にでも触るように、恟々《きょうきょう》として立ち向った。が、主君の烈しい槍先に忽ちに突き竦《すく》められて平伏してしまう。次の二人も、主君の凄じい気勢に怖じ恐れて、ただ型ばかりに槍を振った丈《だけ》であった。

五人目に現われたのは、大島左太夫であった。彼は今日の忠直卿の常軌《じょうき》を逸《いっ》したとも、思われる振舞に就いて、微《かす》かながら杞憂《きゆう》を懐く一人であった。無論、彼は自分の主君が、自分達の昨夜の立話を立聞きした当の本人であろうとは、夢にも思って居なかった。が、昨夜夜更けの庭に耳にした咳払いの主が、主君に自分達を讒《ざん》したのではあるまいかと、云《い》う微かな懸念《けねん》は持って居た。彼は常よりも更に粛然《しゅくぜん》として、主君の前に頭を下げた。

上ずって居た。

「左太夫か！」と、忠直卿はある落着きを、示そうと努めたらしいが、その声は妙に

「左太夫！　槍と云い剣と云い、正真の腕前は真槍真剣でなければ判らない！　タンポの附いた稽古槍の仕合は、所詮《しょせん》は偽の仕合じゃ、負けても傷が附《つ》かぬとなれば、仕宜《よ》に依っては、負けても差支《さしつか》えがない訳となる！　忠直は偽の仕合にはもう飽《あ》いて居る。大阪表に於《お》いて手馴れた真槍を以《もっ》て立ち向う程に其方も真槍を以《もっ》て来い！　主と思うに及ばぬ。隙《すき》があらば遠慮致さずに突け！」

忠直卿の眼は上ずって、言葉の末が顫《ふる》えた。左太夫は色を変えた。左太夫の後に控えて居る小野田右近も、左太夫と同じく色を変えた。

が、見物席に居る家中の者は、忠直卿の心の裡を解するに苦しんだ。殿御狂気と怖《おじ》気《け》を顫うものが多かった。

忠直卿は、之までは癇癖《かんぺき》にこそあったが、平常至極闊達《かったつ》であり、稍《やや》粗暴の嫌《きらい》こそあったが、非道無残な振舞は寸毫《すんごう》もなかったので、今日の忠直卿の振舞いを見て家中の者が、色を変じたのも無理ではなかった。

が、忠直卿が今日真槍を手にしたのは、左太夫右近に対する消し難い憎しみから出たとは云え、一つには自分の正真の腕前を知りたいと、云う希望もあった。真槍で立ち向うならば、彼等も無下《むげ》に負けはしまい、秘術を尽くして立ち向うに違いない、さ

すれば自分の真の力量も判《わか》る。若《も》しその為に、自分が手を負う事があっても、偽りの勝利に狂喜して居《い》るよりも、何《ど》れ程気持がよいか知れぬと、心の裡で思った。

「それ！ 真槍の用意致《いた》せ！」と、忠直卿が命ずると、兼ねて用意がしてあったのだろう、小姓が二人各々一本の大身の槍を、重たそうにもたげて、忠直卿主従の間に持ち出した。

「それ！ 左太夫用意せい！」と云いながら、忠直卿は手馴れた三間柄の長槍の穂鞘を払った。

槍鍛冶《やりかじ》の名手備後《びんご》貞包《さだかね》の鍛えた七寸に近い鋒先《ほこさき》から迸《ほとばし》る殺気が、一座の人々の心を冷めたく圧した。

今迄《まで》、じっとして主君忠直の振舞を看過して居た国老の本多土佐は、主君が鋒先を払われるや否や突如として忠直卿の御前に出《い》でた。

「殿！ お気が狂わせられたか、大切の御身を以て、妄《みだり》に剣戟《けんげき》を弄《もてあそ》ばれ家臣の者を傷《きずつ》けられては、公儀に聞えても容易ならぬ儀で御座る。平にお止り下されい。」と、老眼をしばたたきながら、必死になって申し上げた。

「爺か！ 止めだて無用じゃ。今日の真槍の仕合は、忠直六十七万石の家国《いえくに》に易《か》えてもと、思い立った一儀じゃ。止め立て一切無用じゃ。」と、忠直卿は凛然《りんぜん》と云い放った。其処《そこ》には秋霜の如《ごと》く犯し難き威厳が伴った。こうした場合、之《これ》までも忠直卿の意志は絶対のものであった。土佐は口を緘んだ儘《まま》、悄然として引き退いた。

左太夫は、もう先刻《さつき》から十分に覚悟をして居《い》た。昨夜の立話が、殿のお耳に入った為の御成敗《ごせいばい》かと思えば、彼には何《なん》とも文句の云いようはなかった。夫《それ》は家来として当然受くべき成敗であった。夫《それ》をかかる真槍仕合に、仮託《かこつ》けての成敗かと思えば、彼は其処《そこ》に忠直卿の好意をさえ感ずるように思った。彼は主君の真槍に貫かれて潔く死にたいと思った。

「左太夫、如何にも真槍を以て、お相手を致しまする。」と、思い切って云った。見物席に左太夫の不遜《ふそん》に対する叱責の声が洩《も》れた。忠直卿は苦笑をした。

「夫《それ》でこそ忠直の家臣じゃ。主と思うな、隙があれば、遠慮致さず突け！」

こう云いながら、忠直卿は槍を扱《しご》いて二三間後へ退りながら、位を取られた。

左太夫も、真槍の鞘を払い、

「御免《ごめん》！」と叫びながら主君に立ち向った。

一座の者は、凄じい殺気に閉じられて、身の気をよだち、息を詰めて、ただ茫然《ぼうぜん》と、主従の決闘を見守るばかりであった。

忠直卿は、自分の本当の力量を、如実にさえ知ることが出来れば、思い残すことはないとさえ、思込んで居た。従って国主と云う自覚もなく、対手が臣下であると云う考もなく、ただ勇気凛然として立向われた。

が、左太夫は、最初から覚悟を極《き》めて居《い》た。三合ばかり槍を合すと、彼は忠直卿の槍を左の高股に受けて、どうと地響打たせて、のけ様に倒れた。

見物席の人々は一斉に深い溜息を洩した。左太夫の傷ついた身体は同僚の誰彼に依《よ》って、忽《たちま》ち運び去られた。

が、忠直卿の心には、勝利の快感は少しもなかった。左太夫の負が、昨日《きのう》と同じく意識しての負であることが、マザマザと判ったので、忠直卿の心は昨夜にも勝《ま》して淋しかった。左太夫奴《め》は、命を賭《と》して迄《まで》、偽りの勝利を主君に喫《くら》わせて居るのだと思うと、忠直卿の心の焦躁と淋しさと頼りなさは、更に底深く植え附《つ》けられた。忠直卿は、自分の身を危険に置いても、臣下の身体を犠牲にしても、尚《なお》本当の事が知りがたい自分の身を恨んだ。

左太夫が倒れると、右近は少しも怯《わるび》れた様子もなく、蒼白な顔に覚悟の眸を輝しながら、左太夫の取り落した槍を携げて其処《そこ》に立った。

忠直卿は、右近奴《め》、昨夜あのように、思い切った言葉を吐いた男であるから、必死の手向いをするに相違ないと、消えかかろうとする勇気を鼓《こ》して立ち向った。

が、此男《このおとこ》も左太夫と同じく、自分の罪を深く心の裡に感じて居た。そして、潔く主君の長槍に貫かれて、自分の罪を謝そうとして居た。

忠直卿は、五六合立ち合って居る裡に、相手の右近が、急所と云うべき胸の辺へ、幾度も隙《す》きを作るのを見た。此男も、自分の命を捨てて迄《まで》主君を欺《あざむ》き終ろうとして居るのだと思うと、忠直卿は不快な淋しさに襲われて来た。そして、相手にうまうまと乗せられて、勝利を得るのが、馬鹿馬鹿しくなって来た。が、右近は一刻も早く、主君の槍先に貫かれたいと思ったらしく、忠直卿が突き出す槍先に故意に身を当てるようにして、右の肩口をグザと貫かれてしまった。

忠直卿は、見事に昨夜の鬱憤《うつぷん》を晴した。が、夫《それ》は彼の心に、新しい淋しさを、植え付《つ》けたに過ぎなかった。左太夫も右近も、自分の命を賭して迄《まで》、彼等の嘘を守ってしまった事である。

忠直卿は、その夜遅く、傷のまま自分の屋敷に運ばれた右近と左太夫との二人が、時刻を前後して腹を割《さ》いて死んだと云う報知《しらせ》を聴いて、黯然《あんぜん》たる心持にならずには居られなかった。

忠直卿は、つくづく考えた。自分と彼等との間には、虚偽の膜が、かかって居《い》る。その膜を、その偽の膜を彼等は必死になって支えて居るのだ。その偽は、浮ついた偽でなく、必死の懸命の偽である。忠直卿は、今日真槍を以《もっ》て、その偽の膜を必死になって、突き破ろうとしたのだが、その破れは彼等の血に依《よ》って忽《たちま》ち修繕されてしまった。自分と家来との間には、依然としてその膜がかかって居る。その膜の向うでは、人間が人間らしく本当に交際《つきあっ》て居る。が、彼等が一旦《いったん》自分に向うとなると、皆その膜を頭から被《か》ぶって居る。忠直卿は自分一人、膜の此方に、取残されて居ることを思い出すと焦々《いらいら》した淋しさが、猛然として自分の心身を襲って来るのを覚えた。

四

真槍の仕合があって以来、殿の御癇癖《ごかんぺき》が募《つの》ったと云う警報が、一城の人心をして、忠直卿に対して恟々《きょうきょう》たらしめた。殿の御前だと云うと、小姓達は眸を据《す》え息を凝《こら》して微動さえ、おろそかにはしなかった。近習の者も一足進み一足退くにも、儀礼を正しゅうして微瑕《びか》だに犯さぬ事を念とした。君臣の間に、多少は存在して居た心易《こころやす》さが跡を滅して、君前には粛殺《しゅくさつ》たる気が漂《ただよ》うた。家臣達は君前から退くと、今迄《まで》にない心身の疲労を覚えた。

併《しか》し、君臣の間がこうして荒《すさ》み始めようとするのに気が着いたのは、決して家来の方ばかりではなかった。忠直卿は、ある日近習の一人が、自分に家老達からの書状を捧《ささ》げるとて、四五段の彼方からいざり寄ろうとするのを見て、

「ずっと遠慮致さず前へ出よ！　さような礼儀には及ばぬぞ。」と、云った。が、夫《それ》は好意から出た注意と云うよりも、焦躁から出た叱責に近かった。侍臣は、主君の言葉に依《よ》って、元の心易さに帰ろうとした。が、そうした意識を伴った心易さの奥には、ゴツゴツとした骨があった。

真槍の仕合以来、忠直卿は忘れたかのように、武術の稽古から身を遠ざけた。毎日日課のように、続けて居た武術仕合を中止したばかりでなく、木刀を取り、稽古槍を手にする事さえ無くなった。

武張《ぶば》っては居たが、寛闊《かんかつ》で、乱暴ではあったが、無邪気な青年君主であった忠直卿は、ふっつりと木刀や半弓を手にしなくなった代りに、酒杯を手にする日が多くなった。少年時代から、豪酒の素質《しき》を持っては居たが、酒に淫することなどは、決してなかったのが、今では大盃を頻りに傾けて、乱酒の萌《きざし》が漸《ようや》く現われた。

ある夜の酒宴の席であった。忠直卿の機嫌が、何時《いつ》になく晴々しかった。すると、彼にとっては、第一の寵臣《ちょうしん》である増田《ますだ》勘之介《かんのすけ》と云う小姓が、彼の大杯になみなみと酌をしながら、

「殿には、何故此頃《この》兵法座敷には渡らされませぬか。先頃のお手柄に、ちと御慢心遊ばしての御怠慢と、お見受け申しまする。」と、云った。彼は、こう云う事に依《よ》って、主君に対する親しみを、十分見せた積であった。

すると、思いがけもなく、忠直卿の顔は、急に色を変じた。つと、傍にあった杯盤《はいばん》を、取るよりも早く、勘之介の面上を目がけて、発矢《はっし》とばかりに投げ附《つ》けた。主君から、予期せざる暴行を受けて、勘之介はハッと色を変じたが、忠義一途《いちず》の彼は、決して身体をかわさなかった。彼はその杯盤を、真向に受けて、白い面から血を流しなが

ら、其場《その》に平伏した。

　忠直卿は、物をも云わず、立ち上ると、其儘《そのまま》奥殿へ、は入《い》ってしまった。同僚の誰彼が、駈《か》け寄って慰《なぐさ》めながら、勘之介を引き起した。

　勘之介は、その日病《やまい》と称して、宿へ下ったが、その夜の明くるを待たず切腹した。

　忠直卿は、夫《それ》を聞くと、ただ淋しく苦笑したばかりであった。

　その事があってから、十日ばかりも経った頃だった。忠直卿は、老家老の小山丹後《たんご》と碁《ご》を囲んで居《い》た。老人と忠直卿とは、相碁《あいご》であった。が、二三年来老人は段々負越《まけこ》すことが多かった。その日も、丹後は忠直卿の為《た》めに、三回ばかり続けざまに敗られた。すると、老人は人の好さそうな微笑を示しながら、

「殿は近頃、いかい御上達じゃ、老人ではとてもお相手がなり申さぬわ。」と、云った。

　と、今迄《まで》晴やかに続けざまの快勝を享楽して居《い》たらしい忠直卿の面を、暗鬱《あんうつ》の陰影が掠《かす》めたかと思うと、彼はいきなり立ち上って、二人の間に置かれて居る碁盤を足蹴《あしげ》にした。盤上に並んで居た黒白の石は跳び散って、その二三は丹後の顔を打った。

　丹後は勝負に勝ちながら、怒り出した主君の心を解するに苦しんだ。彼は、咄嗟《とっさ》に立ち去ろうとする忠直卿の袴《はかま》の裾《すそ》を捕《とら》えながら、

「如何《いかが》遊ばされた！　殿には御乱心か、何様《どのよう》の御趣意あって、丹後奴《め》に斯様《かやう》な恥辱《ちじょく》を

与えらるる?」

と、狂気の如くに叫んだ。一徹な老人の心には、忠直卿の不当な仕打に対する怒が、炎の如く燃えた。

が、忠直卿は、老人の怒りを、少しも介意せず「えい!」と、袴を捕えた手を振り放ちながら、つつと奥へ去ってしまった。

老人は、幼年時代から手塩にかけて守り育てた主君から、理不尽な恥《はずか》しめを受け、老《おい》の眼に涙を流しながら、口惜しがった。彼は、故中納言秀康卿が、在りし世の寛仁《かんじん》大度《たいど》な行蹟を想い起しながら、永らえて恥を得た身を悔いた。正直な丹後は、盤面に向って追従《ついしょう》負けをするような卑劣な心は、毛頭持って居なかった。

が、もう忠直卿の心には、家臣の一挙一動は、凡て一色にしか映らなくなって居た。老人は、その日家へ帰ると、式服を着て、礼を正し、皺腹《しわばら》をかき切って、惜しからぬ身を捨ててしまった。

忠直卿御乱行と云う噂が、漸《ようや》く封境《ほうきょう》の内外に伝わるようになった。勝気の忠直卿は、之迄《これまで》は、他人に対する優越感を享受する為に、よく勝負事を試みたが、此《こ》の事があって以来は、その方面にも、ふっつりと手を出さなくなった。

こうなると、忠直卿の生活が段々荒んで行くのも無理はなかった。城中に在っては、為《な》す事のない儘《まま》に酒食に耽《ふけ》り、色を漁《あさ》った。そして、城外に出ては、狩猟にのみ日を暮した。野に鳥を追い、山に獣を狩り立てた。遉《さすが》に鳥獣は国主の出猟であるが為に、忠直卿の矢面《やおもて》に好んで飛び出すものはなかった。人間の世界から離れ、こうした自然界に対する時、忠直卿は自分を囲う偽の膜から、身を脱出し得たように、すがすがしい心持がした。

五

之迄《これまで》の忠直卿は、国老達《たち》の云う事は、何かにつけてよく聴かれた。まだ長吉丸と云って居た十三歳の昔、父秀康卿の臨終の床《とこ》に呼ばれて『父の亡からん後は、国老共の申すことを父が申す事と心得てよく聴かれよ。』と、諭《さと》された事を大事に守って居た。が、此頃《このごろ》の彼は、国政を聴く時にも、凡《すべ》てを僻《ひが》んで解釈した。家老達が、ある男を推薦して賞《ほ》め立てると、彼はその男が喰わせ者のように思われて、その男を用うる事を、意地にかかって拒んだ。国老達が、ある男の行蹟の非難を申上げて、閉門の至当である事を主張すると、忠直卿は、その男が硬直な士であるように思われて、いつかな閉門を命ずる事を許さなかった。

越前領一帯、その年は近年稀《まれ》な凶作で、百姓の困苦一方《ひとかた》ではなかった。家老達は、袖《そで》を連ねて忠直卿の御前に出で、年貢米の一部免除を願い出《い》でた。が、忠直卿は、家老達が、口を酸《すっぱ》くして説けば説くほど、家老達の建言を採用するのが、厭《いや》になった。

彼自身心の裡では、百姓に相当な同情を懐きながら、家老達の云う儘《まま》になるのが不快であった。そして、家老達が、くどくどと説くのを聴き流しながら、

「ならぬ！　ならぬと申せば、しかと相ならぬぞ。」と、怒鳴り附《つ》けた。何の為に拒んだのか、彼自身にさえ分らなかった。

こうした感情の喰違いが、主従の間に深くなるに連れ、国政日に荒んで、越前侯乱行の噂は、江戸の柳営《りゅうえい》にさえ達した。

が、忠直卿のかかる心持は、彼のもっと根本的な生活の方へも、段々喰い入って行った。

ある夜の事であった。彼は宵から、奥殿にたて籠《こも》って、愛妾達を前にしながら、頻《しき》りに大杯を重ねて居た。

京からはるばると、召し下した絹野と云う美女が、此頃《このごろ》の忠直卿の寵幸を身一つに蒐《あつ》めて居た。

忠直卿は、その夜は暮れて間もない六つ半刻から九つに近い深更迄《まで》、酒を飲み続けて居る。が、酒を飲まぬ愛妾達は、彼の盃に酒を注ぐと云う単調な仕事を、幾回となく繰返して居る丈《だけ》である。

忠直卿は、ふと酔眼を刳《みひら》いて、彼に侍坐して居る愛妾の絹野を見た。所が、その女

は連夜の酒宴に疲れはてたのだろう。主君の御前と云う事も、つい失念してしまったと見え、その二重瞼の美しい眼を半眼に閉じながら、うつらうつらと仮睡に落ちようとして居る。

じっと、その面を見て居ると、忠直卿は又更《また》に、新らしい疑惑に囚われてしまった。ただ、主君と云う絶大な権力者の為に、身を委《まか》して朝暮《あさくれ》自分の意志を、少しも働かさず、ただ傀儡のように扱われて居る女の淋しさが、その不覚な仮睡の裡にまざまざと現われて居るように思われた。

忠直卿は思った。此女も自分に愛があると云う訳では、少しもないのだ。此女の嫣《えん》然《ぜん》たる姿態や、妖艶な媚《こび》は皆上部《うわべ》ばかりの技巧なのだ。ただ、大金で退引《のっぴき》ならず身を購われ、国主と云う大権力者の前に引き据えられて是非もなく、出来る丈《だけ》その権力者の歓心を得ようと云う、切破詰まった最後の逃げ路に過ぎないのだ。

が、此女が自分を愛して居ないばかりでなく、今迄《まで》自分を心から愛した女が一人でもあっただろうかと、忠直卿は考えた。

彼は今迄《まで》、人間同志の人情を少しも味わずに来た事に、此頃《この》漸《よう》く気が附《つ》き始めた。

彼は、友人同志の情を、味った事さえなかった。幼年時代から、同年輩の小姓を、自分の周囲に幾人となく見出した。が、彼等は忠直卿と友人として、交わったのではない。ただ服従をした丈《だけ》である。忠直卿は、彼等を愛した。が、彼等は決してその主君を愛し返しはしなかった。ただ義務感情から服従した丈《だけ》である。友情は、兎《と》も角《かく》、異性との愛は、何《ど》うであっただろう、彼は、少年時代から美しい女性を、幾人となく自分の周囲に支配した。忠直卿は、彼等を愛した。が、彼等の中の何人が、彼を愛し返しただろう。忠直卿が愛しても、彼等は愛し返さなかった。ただ、唯々《いい》として服従を提供した丈《だけ》である。彼は今も自分の周囲に多くの人間を支配して居る。が、彼等は忠直卿に対して、人間としての人情の代りに、服従を、提供して居る丈《だけ》である。

考えて見ると、忠直卿は恋愛の代用としても、服従を受け、友情の代りにも服従を受け、親切の代りにも服従を受けて居た。無論、その中には人情から動いて居る本当の恋愛もあり、友情もあり、純な親切もあったかも知れなかった。が、忠直卿の今の心持から見れば、夫《それ》が混沌として一様に、服従の二字によって掩《おお》われて見える。

人情の世界から一段高い処に、放り上げられ、大勢の臣下の中央に在りながら、索《さく》莫《ばく》たる孤独を感じて居るのが、わが忠直卿であった。

こうした意識が嵩《こう》ずるに連れ、彼の奥殿に於《お》ける生活は、砂を噛《か》むように落莫《らくばく》たるものになって来た。

彼は、今迄《まで》自分の愛した女の愛が、不純であった事が、もう見え透《す》くように思われた。

自分が、心を掛けると何《ど》の女も、唯々諾々《いいだくだく》として自分の心のままに従った。が、夫は自分を愛して居るのではない、ただ臣下として君主の前に義務を尽くして居るのに過ぎなかった。彼は、恋愛の代りに、義務や服従を喫《きっ》するのに、飽き果ててしまって居た。

彼の生活が荒《すさ》むに従って、彼は単なる傀儡であるような異性の代りに、もっと弾力のある女性を愛したいと思った。彼を、心から愛し返さなくてもいいから、せめては人間らしく反抗を示すような異性を愛したいと思った。

其為《そのため》に、彼は家中の高禄《こうろく》の士の娘を、後房へ連れて来させた。が、彼等も忠直卿の云う事を、殿の仰せとばかり、唯《ただ》不可抗力の命令のように、何の反抗を示さずに忍従した。彼等は霊験あらたかな神の前に捧げられた人身御供《ひとみごくう》のように、純な犠牲的な感情を以《もっ》て忠直卿に対して居た。忠直卿は、その女達と相対して居ても、少しも淫蕩《いんとう》な心持にはなれなかった。

彼の物足りなさは、尚《なお》続いた。彼は夫《おっと》の定まって居る女なら、少しは反抗もするだろうと思った。彼は、命じて許婚《いいなずけ》の夫ある娘を物色した。が、そうした女も、忠直卿の予期とは反して、主君の意志を絶対のものにして、忠直卿を人間以上のものに祭り上げてしまった。

もう此頃《このごろ》から、忠直卿の放埒《ほうらつ》を非難する声が、家中の士の間にさえ起った。

が、忠直卿の乱行は、尚止《なおや》まなかった。許婚《いいなずけ》の夫ある娘を得て、少しも慰《なぐさ》まなかった彼は、更に非道な所業を犯した。夫《それ》は、家中の女房で艶名のあるものを、私《ひそか》に探らしめて、その中の三名を、不時に城中に召し寄せたまま、帰さなかった事である。

主君の御乱行茲《ここ》に極まるとさえ、歎《なげ》くものがあった。

夫《おっと》からの数度の歎願《たんがん》に拘《かか》わらず、女房は返されなかった。重臣は、人倫の道に悖《もと》る所業として忠直卿を強諫《きょうかん》した。

が、忠直卿は重臣が諫《いさ》むれば諫むる程《ほど》、自分の所業に興味を覚ゆるに至った。

女房を奪われた三人の家臣の中、二人迄《まで》忠直卿の非道な企の真相を知ると、君臣の義も之《これ》までと思ったと見え、云い合せた如く、相続いて割腹した。

横目《よこめ》附《つけ》から、その届出があると、忠直卿は手にして居た杯を、グッと飲み干されてから、微かな苦笑を洩《もら》されたまま、何とも言葉はなかった。家中一同の同情は、翕然《きゅうぜん》として死んだ二人の武士の上に注がれた。『遉《さすが》は武士じゃ、見事な最期じゃ。』と、賞《ほ》めそやす者さえあった。が、人々は此《この》二人を死せしめた原因を、只《ただ》不可抗力な天災だと考えて居た。一種の避《さ》くべからざる運命のように思って居た。

二人が前後して死んで見ると、家中の人々の興味は、妻を奪われながら、只《ただ》一人生き残って居る浅水与四郎《よしろう》の身に蒐って居《い》た。

そして、妻を奪われながら、腹を得《え》切《き》らぬその男を、臆病者として非難するものさえあった。

が、四五日してから、その男は飄然《ひょうぜん》として登城した、そして、忠直卿にお目通《めどおり》を願いたいと目附まで申し出でた。が、目附は浅水与四郎を色々に宥《なだ》め賺《すか》そうとした。

「何と申しても、相手は主君じゃ。お身が今、お目通に出たら必定《ひつじょう》お手打じゃ、殿の御非道は、我人共《われひとども》によく判って居る、が何と申しても相手は主君じゃ。」

が、与四郎は断然として云い放った。

「縦令如何《たといいかが》なろうとも、お目通を願うのじゃ。縦令身は八劈《やつざ》きにされようとも、念ない事じゃ。是非お取次ぎ下されい。」と、必死の色を示した。

目附は、仕方なく白書院に詰めて居る家老の一人へ、其《その》歎願を伝えた。夫《それ》を聞いた老年の家老は、「与四郎奴《め》は、血迷うたと見えるな。主君の御無理は判って居る事じゃが、此《この》場合腹をかっ切って死諫《しかん》を進めるのが、臣下としての本分じゃ。他の二人は、よう心得て居るに与四郎奴《め》は、女房を取られたので血迷うたと見える。か程《ほど》の不覚人《ふかくにん》とは思わなかったに。」と囁《ささや》いた。

家老は、尚《なお》ブツブツと口小言を云いながら、小姓を呼んでその事を渋々ながら、忠直卿の耳に伝えしめた。

すると、忠直卿は、思いの外に機嫌斜めならずであった。

「ハハハ与四郎奴が、参ったか。よくぞ参り居った。直《す》ぐ通せ！　目通り許すぞ。」

と、叫ばれたが、此《こ》の頃絶えて見えなかった晴がましい微笑が、頬の辺に漂うた。

暫《しばら》くすると、忠直卿の目の前に、病犬のように呆《ほう》けた与四郎の姿が現われた。数日来の心労に疲れたと見え、色が蒼《あお》ざめて、顔中に何処となく殺気が漂って居る。そして、その眸の中には、二筋も三筋も血を引いて居る。

忠直卿は生来初めて、自分の目の前に、自分の家臣が本当の感情を隠さず、顔に現わして居るのを見た。

「与四郎か！ 近う進め！」と、忠直卿は温顔を以《もっ》てこう云われた。何だか、自分が人間として他の人間に対して居るように思って、与四郎に対して、一種の懐しさをさえ覚えた。主従の境を隔《へだ》つる膜が除《のぞか》れて、ただ人間同志として、向い合って居るように思われた。

与四郎は、畳の上を三反ばかり滑《すべ》り寄ると、地獄の底からでも、洩れるような呻《うめ》き声を出した。

「殿！ 主従の道も人倫の大道よりは、小事で御座《ござ》るぞ。妻を奪われましたお恨み、かくの如《ごと》く申上げまするぞ。」と、云《い》うかと思うと、与四郎は飛燕《ひえん》の如《ごと》く身を躍《おど》らせて、忠直卿に飛びかかった。その右の手には、早くも匕首が光って居た。が、与四郎は軽捷《けいしょう》な忠直卿に、訳もなく利腕《ききうで》を取られて、其処《そこ》に捻《ね》じ伏せられてしまった。近習の一人は、気を利かした積《つもり》で、小姓の持って居た忠直卿の佩刀を彼に手渡そうとした。

が、忠直卿は却《かえ》って其男《その》を斥《しりぞ》けた。

「与四郎！　遉《さすが》に其方は武士じゃのう。」と、云いながら、忠直卿は取って居た与四郎の手を放した。与四郎は、匕首を持ったまま、面《おもて》も揚げず、其処《そこ》に平伏した。

「其方の女房も、遉《さすが》に命を召さるるとも、余が言葉に従わぬと申し居った。余の家来には珍らしい者共じゃ。」と、云ったまま、忠直卿は心から快げに哄笑《こうしよう》した。

忠直卿は、与四郎の反抗に依《よ》って、二重の歓びを得て居た。一つは、一個の人間として、他人から恨まれ殺されんとすることに依って、初めて自分も人間の世界へ一足踏み入れる事が、許されたように覚えた事である。もう一つは、家中に於《お》いて打物取《うちものと》っては、俊捷《しゆんしよう》第一の噂ある与四郎が、必死の匕首を物の見事に、取押えた事であった。此《この》勝負に、嘘や佯《いつわり》があろうとは思えなかった。彼は、久《ひさ》し振《ぶり》に勝利の快感を、何等の疑惑なしに、楽しむ事が出来た。忠直卿は、此頃《この》から胸の裡に腐り附いて居る鬱懐《うつかい》の一端が解け始めて、朗かな光明を見たように思われた。

「ただ此儘《このまま》にお手打を。」と、歎願する与四郎は何のお咎《とがめ》もなく下げられたばかりでなく、与四郎の妻も、即刻お暇を賜《たまわ》った。

が、忠直卿の此《こ》の歓びも、決して長くは続かなかった。

与四郎夫婦は、城中から下げられると、その夜、枕を並べて覚悟の自殺を遂げてしまった、何の為に死んだのか、確には分らなかったが、恐らく相伝の主君に刃を向けたのを、恥じたのと、かつは彼等の命を救った忠直卿の寛仁大度に、感激した為であろう。

が、二人の死を聴いた忠直卿は、少しも歓ばなかった。与四郎が覚悟の自殺をした所から考えると、彼が匕首を以《もっ》て忠直卿に迫ったのも、何《ど》うやら怪しくなって来た。忠直卿に潔く、手刃されん為の手段に過ぎなかったようにも思われた、若《も》しそうだとすると、忠直卿が見事にその利腕を取って捻じ倒したのも、紅白仕合に敵の大将を見事に敗って居たのと、余り違った訳のものではなかった。そう考えると、忠直卿は再び暗澹《あんたん》たる絶望的な気持に、陥《おちい》ってしまった。

忠直卿の乱行が、其後益々《ますます》進んだ事は、歴史にある通である。最後には、家臣を擅《ほしいまま》に手刃するばかりでなく、無辜《むこ》の良民を捕えて、之《これ》に兇刃《きょうじん》を加えるに至った。殊に口碑《こうひ》に残る『石の俎《まないた》』の云い伝《つたえ》は百世の後尚《なお》人に面を背けさせるものである。が、忠直卿が、かかる残虐を敢《あえ》てしたのは、多分臣下が忠直卿を人間扱いにしないので、忠直卿の方でも、おしまいに臣下を人間扱いにしなくなったのかも知れない。

六

併《しか》し、忠直卿の乱行も無限には続かなかった。放埒《ほうらつ》が度重るに連れて、幕府の執政たる土居大炊頭利勝、本多上野守正純は、私《ひそか》に越前侯廃絶《はいぜつ》の策を廻《めぐ》らした。が、剛強《ごうきょう》無双《むそう》の上に、徳川家には嫡々たる忠直卿に正面から事を計っては、如何《いか》なる大変を、惹《ひ》き起すかも分らぬので、遂《つい》には忠直卿の御生母なる清涼尼《せいりょうに》を、越前へ送って将軍家の意を夫《それ》となく忠直卿に伝える事にした。

忠直卿は、母君との絶えて久しき対面を欣《よろこ》ばれたが、改易の沙汰を思いの外《ほか》に容易《たやす》く聴き入れられ、六十七万石の封城を、弊履《へいり》の如《ごと》く捨てられ、配所たる豊後国府内《ぶんごのくにふない》に赴かれた。途中敦賀《つるが》にて入道され法名を一伯《いっぱく》と附けられた。時に元和九年五月の事で、忠直卿は三十の年を越したばかりであった。後に豊後府内から同国津守《つのかみ》に移されて台所料として、幕府から一万石を給され、晩年を事もなく過し、慶安三年九月十日に薨《こう》じた。享年五十六歳であった。

忠直卿の晩年の生活に就《つ》いては、何等の史実も伝わって居ない。ただ、忠直卿警護の任に当って居た府内の城主竹中采女正重次《うねめのしょうしげつぐ》が、その家臣をして忠直卿の行状を録せしめて、幕府の執政たる土居大炊頭利勝に送った『忠直卿行状記』の一冊があるばかりである。その一節に、

『忠直卿当国津守に移らせ給うて後は、些《いささか》の荒々しきお振舞もなく安けく暮され申《もうし》候《そうろう》。兼々《かねがね》仰せられ候には六十七万石の家国を失いつる折は、悪夢より覚めたらんが如《ごと》く、ただすがすがしゅうこそ思い候え。生々世々《しょうじょうせぜ》国主大名などに再びとは生れまじきぞ。多勢の中に交じりながら、孤独地獄にも陥《お》ちたらんが如き苦艱を受くる事屢々《しばしば》

なりなど仰せられ、御改易の事に就《つ》いては、些《いささか》の御後悔だに見えさせられず候。……徒然《つれづれ》の折には、村年寄《むらどしより》僧侶などさえお手近く召し寄せられ、囲棋《いき》のお遊びなどあり、打ち興ぜさせ給う有様、殷《いん》の紂王《ちゅうおう》にも勝れる暴君よなど、噂せられ給いし面影《おもかげ》更に見え給《たま》わず、殊《こと》に津守の浄建寺《じょうけんじ》の洸山老衲《こうざんろうとつ》とは、いと入懇に渡らせられ、老衲が、「六十七万石も持たせ給えば、誰も紂王の真似《まね》なども致したくなるものぞ。殿の悪しきに非《あら》ず。」など、聞え上げけるに、お怒りの様もなく笑わせ給う。末には百姓町人の賤《いや》しきをさえお目通に引き給い、無礼《なめげ》に飾なく申し上ぐる事を、いと興がらせ給えり。御身はよろず、お慎《つつ》しみ深く、近侍の者を憫《あわれ》み、領民を愛撫《あいぶ》し給う有様、六十七万石の家国を失いたる無法人とも見えずと人々不審《いぶか》しく思う事今に止《や》まず候』と、あった。

仇討禁止令

一

鳥羽伏見《とばふしみ》の戦《たたかい》で、讃岐高松藩《さぬきたかまつはん》は、もろくも朝敵の汚名を取ってしまった。

祖先が、水戸黄門光圀《みつくに》の兄の頼重《よりしげ》で、光圀が後年伯夷叔斉《はくいしゅくせい》の伝を読み、兄を越えて家を継《つ》いだ事を後悔し、頼重の子綱條《つなえだ》を養って子とし、自分の子鶴松《つるまつ》を高松に送って、嗣子たらしめた。

だから、高松藩は徳川宗家にとっては、御《ご》三家に次ぐ親しい家柄である。従って、維新の時、一藩挙《こぞ》って、宗家大事と云《い》う佐幕派《さばくは》であった。

鳥羽伏見で破れると、小川、小夫《おぶ》の両家老は、敗兵を率いて、大阪から高松へ逃げ帰った。

一藩は、朝敵と云う名に、慄えている時だった。四国で、勤王《きんのう》の魁首《かいしゅ》である土佐藩は、早くも朝敵追討の軍を起して、伊予に入り同じく勤王の宇和島の藩兵を加え、松山の久松松平家を帰順させ、予讃《よさん》の国境を越えて、讃岐へ入って来た。三千に余る大軍であった、讃岐が、土佐兵の侵入を受けたのは、長曾我部《ちょうそかべ》元親《もとちか》以来これが二度目である。

高松藩の上下は、外敵の侵入に、混乱し、人心恟々《きょうきょう》として、毎日のように城中で、評定《ひょうじょう》が行われた。

帰順か抵抗か、藩論は容易に決せられなかった。

今日も城中の大広間で、重臣達が集まって、会議が行われている。

佐幕派が七分、勤王派が三分と云う形勢であった。佐幕派の首領は、家老の成田頼《たの》母《も》で、今年五十五になる頑固一轍の老人である。

「薩長土が、なんじゃや、皆幼帝を挟《さしはさ》んで、己れ天下の権を取り、あわよくば徳川に代ろうと云う肚《はら》ではないか、虎の威《い》を借りて、私慾を擅《ほしいまま》にしようと云う狐どもじゃ。そう云う連中の、振りかざす大義名分に、恐《お》じ怖れて、徳川御宗家を見捨てると云う法があろうか。御先祖頼重公が、高松に封《ほう》ぜられたのは、こう云う時のために、四国を踏み固めようと云う将軍家の思召《おぼしめし》ではないか。我々が、祖先以来、高禄を戴《いただ》いて、安閑《あんかん》と妻子を養って来られたのは、こう云う時のために、一命を捨てて、将軍家へ御奉公する為ではなかったのか。こんな時に、一命を捨てなければ、我々は先祖以来、禄《ろく》盗人であったと云うことになるではないか。」

そう云って、大きな眼を剝《む》いて、一座を睨《ね》め廻《まわ》した。

「左様、左様！」

「御尤《ごもっと》も。」

「御同感！」

座中、所々から声がかかった。

「左様では、ござりましょうが、……」

軽輩ではあったが、大阪にいて京洛《きょうらく》の事情に通じている為に、特に列席を許された藤沢恒《つね》太郎《たろう》が、やや下手《しもて》の座から、口を切った。

「既に、有栖川宮《ありすがわのみや》が錦旗を奉じて、東海道をお下りになっていると云う確報も参って居ります。王政復古は、天下の大勢でござります。将軍家に置かれても、朝廷へ御帰順の思召があると云う噂もござりまする。この際、将軍家の御意嚮《ごいこう》も、確めないで官軍である土佐兵と戦いますのは、如何なものでござりましょうか。」

「将軍家に、帰順の思召あるなどと、奇怪な事を申されるなよ。鳥羽伏見には、破れたが、あれは云わば不意に仕掛けられた戦いじゃ、将軍家が江戸へ御帰城の上、改めて天下の兵を募《つの》られたら、薩長土など、一溜《ひとたま》りもあるものではない。もし、今土佐兵に一矢も報いず、降参などして、もし再び徳川家お盛《さか》んの世とならば、わが高松藩は、お取り潰しになる外《ほか》はないではないか。それよりも、われわれが身命を賭して、土佐兵を撃ち退け、徳川家長久の基を成せばお家繁昌《はんじょう》の為にもなり、御先祖以来の御鴻恩《ごこうおん》に報いることにもなるではないか。土佐兵の恐い臆病者どもは、城に籠《こも》って慄えているがよい。この頼母は真先がけて、一戦を試みるつもりじゃ。帰順、降参などとは思いも寄らぬ事じゃ。」

頼母は恒太郎を仇敵のように、睨み据《す》えながら、怒鳴りつけた。

「御道理！」

「まさに、お説の通り！」

「御尤《ごもっと》も千万《せんばん》。」

などと、さわがしい賛意の言葉が、諸士の口から洩《も》れた。

恒太郎は、成田の怒声にも屈する事なく、温かな平生《へいぜい》通りの声で、

「成田殿《どの》のお言葉ではございまするが、徳川御宗家に於《お》かせられても、未《いま》だ曾《かつ》て、錦旗に対し、お手向いしたことは一度もございませぬ。まして、御本家水戸殿に於ては、義公様以来、夙に尊王《そんのう》のお志深《ふか》く、烈公《れっこう》様にも、いろいろ王事に尽されました事は、世間周知の事でござりまする。然《しか》るに、水戸殿とは同系同枝《どうし》とも申すべき当家が、かかる大切の時に、順逆の分を誤り、朝敵になりますことは、嘆《なげか》わしいことではないか

と存じまする。」

恒太郎の反駁《はんばく》は、理路整然としていたが、しかし興奮している頼母には、受け容れらるべくもなかった。

「何が順逆じゃ、そう云う云い分は、薩長土などが私利を計るときに使う言葉じゃ、徳川将軍家より、四国の探題《たんだい》として、大禄を頂いている当藩が、将軍家が、危急の場合に、一働きしないで、何とするか。もはや、問答無益じゃ。この頼母の申すことに、御同意の方々は、両手を挙げて下され。よろしいか、両手をお挙げ下さるのじゃ。」

時の勢いか、頼母の激しい力に圧せられたのか、座中八九分までは、両手を挙げてしまった。

二

同じ日の夜、士族の屋敷町である二番町の小泉主膳の家に、家中の若い武士が、十二、三人集っていた。

小泉主膳は長州の高杉晋作《たかすぎしんさく》が、金刀比羅宮《ことひらぐう》の近くにある榎井《えない》村の日柳燕石《くさなぎえんせき》の家に、滞在していたとき、二、三度面会して以来、勤王の志を懐《いだ》き、ひそかに同志を糾合《きゅうごう》していた。しかし元来が、親藩であったし、因循姑息《いんじゅんこそく》の藩士が多かったから、尊王攘夷《そんのうじょうい》などに、耳を貸そうとはしないので、同志を募《つの》って、京洛に出《い》でて、華々しい運動を起すと云《い》うような事は出来なかった。

が、せめてこうした大切な時に、一藩の嚮背丈《だけ》は、誤らせたくないと云う憂国《ゆうこく》の志は、持っていた。それが、今日の城中の会議で、到頭《とうとう》藩論は、主戦に決してしまったのである。これでは、正《まさ》しく朝敵である。

しかも、藩兵は、一手は金刀比羅街道の一宮へ、一手は丸亀《まるがめ》街道の国分《こくぶ》へ向けて、明朝辰《たつ》の刻《こく》に、出発しようとしているのである。

同憂の士は、期せずして、小泉の家に集まった。山田甚之助《じんのすけ》、久保三之丞《さんのじょう》、吉川隼人《はやと》、幸田八五郎その他みな二十から、三十迄《まで》の若者であった。多くは、軽輩の士であったが、天野新一郎丈《だけ》は、八百石取の家老天野左衛門の嫡子《ちゃくし》であり、一党の中では、一番身分が高かった。

天野新一郎は、少年時代から学問好きで、頼山陽《らいさんよう》の詩文を愛読していた為に、その勤王思想の影響を受け、天朝の尊むべく幕府の倒すべきを痛感している今年二十五歳の青年武士であった。

小姓頭《こしょうがしら》に取り立てられて、今日の重臣会議の末座にもいたのである。

「それで、成田頼母の俗論が、到頭《とうとう》勝利を占めたと云うのか。」

小泉は、肱《ひじ》を怒らしながら、新一郎に云った。

「左様、藤沢恒太郎殿が、順逆を説いたが駄目でござった。」

新一郎は、自分迄《まで》が責められているように、首を垂れている。

「土佐兵に抵抗すると云うのか、錦旗を奉じている土佐兵に、……負けるのに定《きま》っているじゃないか。土佐は、スナイドル銃を二百挺《ちょう》も持っていると云うじゃないか。」

山田甚之助が、嘲《あざけ》るように云った。

「賊軍《ぞくぐん》になった上に、散々やっつけられる。その上、王政復古となれば高松藩お取り潰し、大義名分を誤った上に、主家を亡す……そんな暴挙を我々が見て居《い》られるか。」

小泉は、歯を噛んで口惜しがった。

「早速、成田邸へ押しかけて、あの頑固爺を説得しよう。」

今まで黙っていた吉川隼人が云った。

「いや、駄目駄目《だめだめ》。」

山田甚之助は、手を振って、

「あの老人が、我々軽輩の者の説などを容《い》れるものか。既《すで》に、藩の会議で決したものを、今更《いまさら》どんなに騒ごうと、あの老人が変えるものか。」

と、云った。

「然《しか》らば、貴殿は、見す見す一藩が朝敵になるのを、見過すのか。」

吉川隼人が、気色ばんだ。

「いや、そうではござらぬ。拙者《せっしゃ》にも、存じ寄《より》がある。しかし、それは、我々が一命を賭しての非常手段じゃ。」

甚之助は、そう云って一座を見廻した。

「非常手段、結構！　お話しなされ。」

主人の小泉が云った。

甚之助は、話し出そうとしたが、ふと天野新一郎の居《い》ることに気がつくと、

「天野氏、貴殿には甚だ済まぬが、一寸《ちよつと》御中座を願えまいか。」

と、云った。

新一郎は、顔色が変った。

「何故？」

美しい口元が、キリッとしまった。

「いや、貴殿に隔意《かくい》あっての事ではないが、貴殿は成田家とは、御別懇《べつこん》の間柄じゃ。成田殿に対して、事を謀る場合貴殿がいては、我々も心苦しいし、貴殿も心苦しかろう。今日丈《だけ》は、枉《ま》げて御中座がねがいたいが……」

甚之助の言葉は、温《おだや》かであった。

が、新一郎の顔には、見る見る血が上って来て、

「新一郎若年では、御座《ござ》るが、大義の為には親《しん》を滅《めつ》するつもりじゃ。平生同志として、御交際を願って置いて、有事の秋に、仲間はずれにされるなど、心外千万でござる。

中座など毛頭思い寄らぬ。」

　と、云い放った。

「左様か、お志のほど、近頃神妙《しんみょう》に存ずる。それならば、申し上げる。各々方《おのおのがた》近うお寄り下されい。」

　一座の人々は、甚之助を取り捲《ま》いた。

　甚之助は、声をひそめ、

「藩論が定まった今、狂瀾《きょうらん》を既倒《きとう》に覆《かえ》すは、非常手段に出る外《ほか》は、ござらぬ。明日の出兵を差し止める道は、今夜中に、成田頼母を倒すより外、道はないと存ずるが、方々《かたがた》の御意見は？」

　と、さすがに蒼白な顔をして、一座を見廻わした。

「御尤《ごもっと》も、大賛成！」

　吉川隼人が、一番に云った。

　主人の小泉は、山田とは既に相談が出来ていたように、静《しず》かに口を開いた。

「成田殿に、個人としては、我々は何の恨みもない。頑固ではあるが、主家に対しては忠義一途《いちず》の人じゃ。が、一藩の名分を正し、順逆を誤らしめないためには、止むを得ない犠牲だと思う。成田殿一人を倒せば、後には肚《はら》のある奴は少い。明日の出陣《しゅつじん》も、総指揮の成田殿が、亡くなれば、躊躇逡巡《ちゅうちょしゅんじゅん》して沙汰止《さたや》みになるのは、眼に見えるようだった。その間に、尊王の主旨《しゅし》を吹聴して、藩論を一変させることは、案外容易かと存ずる。慶応二年以来、我々同志が会合して、勤王の志を語り合ったのも、こう云う時の御奉公をする為だと思う。成田殿を倒すことは、天朝のお為にもなり、主家を救うことにもなる。各々方《おのおのがた》も、御異存はないと思う。」

「異議なし。」

「異存なし。」

「同感。」

銘々《めいめい》、口々に叫んだ。

天野新一郎丈《だけ》は、さすがに何にも云わなかった。

小泉は、又静《しずか》に言葉を継いだ。

「御異議ないとあらば、方法手段じゃ、御存《ご》じの通り、成田頼母は、竹内流小具足の名人じゃ。小太刀《こだち》を取っての室内の働きは、家中無双《むそう》と思わねばならぬ。従って、我々の中から、討手に向う人々は、腕に覚えの方々にお願いせねばならぬ。」

「左様！」

吉川隼人が返事をした。

「しかし、多人数押しかけて御城下を騒がすことは、外敵を控えての今、慎《つつ》しまねばならぬ。討手は先《ま》ず三人でよかろうと思う。」

一座は緊張した。が、皆の心に、すぐ天野新一郎の名が浮んだ。彼は、藩の指南番小野派一刀流熊野三斎《くまのさんさい》の高弟であるからだ。

「腕前は、未熟であるが、拙者はぜひお加え下されい。」

吉川隼人が云った。

未熟であると云うのは、彼自身の謙遜《けんそん》で、一党の中では使い手である。しかし、新一郎には到底及ばぬ。

「拙者も、是非!」

幸田八五郎が云った。

彼も相当の剣客であった。しかし、天野新一郎とは、問題にならぬ。衆目《しゅうもく》の見る所、自分よりは腕に相違のある連中に、名乗り出《い》でられて、新一郎も黙っているわけには行かぬ。

「拙者も、ぜひお加え下されい。」

と、云わずには居られなかった。

小泉も山田も、新一郎を討手にするつもりはなかったらしく、小泉は、

「いや、天野氏、貴殿はお控えなされたがよい。貴殿を、左様な苦しい立場に置くことは、我々の本意ではない。」

と、おだやかに云った。

「いや。」

新一郎は、わずかに膝を乗り出しながら、

「貴殿方の御好意はよく分っている。そのお心なればこそ、拙者に中座せよと云われたのであろう。しかし、先程も申した通《とおり》、私事は私事、公事は公事、この場合左様な御斟酌《ごしんしゃく》は、一切御無用に願いたい。」

と、ハッキリ云い切った。

「しかし、天野氏、貴殿は成田殿御息女とは、既に御結納が……」

と、小泉が云いかけると、新一郎は憤然として、

「天下大変の場合、左様な私情に拘泥《こだわ》って居られましょうや。無用な御配慮じゃ!」

と、喝破《かっぱ》した。

皆はだまった。そして、新一郎の意気に打たれて、凛然《りんぜん》と奮い立った。

三

しかし、天野新一郎の心事は、口で云うほど、思い切ったものではなかった。尊王の志は、人並以上に旺《さか》んではあったが、しかし彼は、成田一家とは、元来遠縁の間であったし、可《か》なり深い親しみを持っていた。

頑固一徹な成田頼母も、平生は風変りな面白い老人で、沖釣《おきづ》りが何よりの道楽で、

新一郎も二、三度は誘われて、伴《とも》をしたことがある。

長男の万之助《まんのすけ》は、今年十七で、これは文武両道とも、新一郎に兄事していて、

「お兄さん！　お兄さん！」

と、慕《した》っている。

その姉の八重が、一つ違いの十八で新一郎との間に、結納が取り交わされるばかりになっているのであるが、世間が騒しいので、そのまま延々になっているのだ。

だから、成田邸の勝手は、自分の家同様に心得ている。

成田邸への襲撃は、その夜の正子《しょうね》の刻《こく》と定《きま》った。

先手は、吉川、幸田に新一郎を加えて三人、二番手は小泉、山田に、久保三之丞の三人。

新一郎は、同志の手前、平気を装《よそお》っていたが、さすがに心は暗く、足は重かった。

小泉が、

「無用の殺人は、絶対に慎《つつ》しむよう。家来達が、邪魔をすれば、止《や》むなく斬《き》ってもよいが、頼母殿さえ倒せば、後はどんどん引き上げる。殊に、嫡子万之助殿などは、怪《け》我《が》させてはならぬ。」

と、皆に注意してくれたのが、新一郎としては、嬉しかった。

さすがに、明朝の出陣を控えて、城下は何となく騒々しかった。いつもは、暗い町

が今宵《こよい》は灯が洩《も》れる家が多く、子《ね》の刻近くなっても、物音人声などが外へ聞える家が多かった。

六人は、銘々《めいめい》黒布を以て、覆面をした。成田邸は、淋しい馬責場《うませめば》を前に控えた五番町にあった。

新一郎は、一度は二番町の自邸に帰り、家人達には、寝たと見せかけて、子《ね》少し前に、わが家の塀《へい》を乗り越えて、馬責場へ急いだ。

正子の刻には、六人とも集った。

「天野氏、近頃心苦しい事ではござるが、成田邸への御案内は、貴殿にお願い申す。」

と、山田が云った。

「承知仕《つかまつ》った。」

新一郎の顔が、蒼白になっていることは、月のない闇なので、誰にも気がつかなかった。

成田邸の裏手の塀に、縄梯子がかかった。

新一郎は、一番に邸内へ入った。

泉水の向うの十二畳が頼母の居間、その次ぎの八畳を隔てて向うに、お八重殿の居間がある。何《ど》うか起きて来てくれるなと、心に祈った。

たとい、覆面していても、お八重殿や万之助には、姿を見られたくないと思った。

雨戸を叩き破る手筈《てはず》で、かけやを用意して来たが、しかしそれでは邸内の人々を皆目覚してしまう事になるので、他に侵入口を探すことになった。

「天野氏、どこか破り易い所は、ござるまいか。」

山田が、新一郎にささやいた。

「ある。中庭の方へついた小窓。」

そう答えた刹那《せつな》に、新一郎は後悔した。いくら、大義名分のためとは云え、そこまでは云わなくたってもいいのではなかったかと、思った。

六人は、庭を廻《まわ》って、中庭に入った。なるほど、直径《さしわたし》二尺位の低い窓が、壁についている。格子《こう し》形《がた》に組んである竹も細い。小泉は、小刀を抜くと、一本一本音を立てぬように、切り始めた。山田も手を貸した。

「幸田殿、貴殿は一番身体が小さい。茲《ここ》から、潜《くぐ》って入って、雨戸をお開け下されい。」

「よし、来た。」

幸田は、大小を小泉に渡すと、無腰になって、潜りぬけた。

そして、中から大小を受け取りながら、

「天野氏、桟は何処だ。此方の端か、向うの端か。」

と訊いた。

「たしか向うの端。」

幸田は、廊下を忍んで歩いて行った。

外側の五人も、忍び足で雨戸の向うの端へ歩いた。

桟を上げる音が、かすかに響いた。雨戸が、低い音を立てて開いた。皆、刀を抜いた。小泉が、

「天野氏、どうぞお先に。みんなみんな静かに。」

と、云った。先手の連中が先きへ出た。

そこの廊下に添うた部屋は、お八重殿の部屋である。灯がかすかにともっているが、熟睡しているのであろう、気づかない容子《ようす》である。

「この部屋！」

廊下を十間ばかり歩いた時、新一郎は振り返って、ソッとささやいた。

障子が、サッと開かれた。その途端、

「何奴じゃ！」

もう充分用意し切った声が、先手三人の胸を衝《つ》くように響いた。

頼母は、既に怪しい物音に気がつくと、手早く寝衣《ねまき》の上に帯を締め、佩刀《はいとう》を引き寄せていたのである。

「天朝のために、命を貰いに来た！」

吉川が、低いが力強い声で叫んだ。

「推参《すいさん》！　何奴じゃ、名を名乗れ！」

頼母は、立ち上ると、刀を抜いて鞘《さや》を後へ投げて、足で行灯《あんどん》を蹴《け》った。

が、行灯が消えると同時に、山田が持っていた龕燈《がんどう》の光が室内を照した。

小泉は、広い庭に、面した雨戸を、ガラリガラリと開けた。進退の便に備えるためである。

龕燈に照し出された頼母は、寝床の傍から、飛び退《しさ》って、床柱を後に当てて、二尺に足らぬ刀を正眼に構えていた。老人ながら、颯爽《さっそう》たる態度である。

「おう！」

吉川が斬り込んだが、老人はサッと身を屈めて、低い鴨居のある違い棚の方へ身を引いた。勢い込んで斬りつけた吉川の長刀が、その鴨居に斬り込んだので、あわてながら刀を抜こうとする隙《すき》を、老人は身を躍《おど》らして、吉川の左肩へ、薄手ながら一太刀見舞った。

さすがに、小太刀組打を、主眼とする竹内流の上手である。

吉川が斬られたのを見て、幸田が素早く斬り込んだが、老人は床柱の陰に入って、それを小楯に取りながら、小太刀を片手正眼に構えている。

邸内が、ざわめき出した。手間取っては、大事である。主謀である小泉は、あせった。

「天野氏！　天野氏！」

彼は思わず、新一郎の名を呼んでしまった。新一郎が、自分の名を呼ばれてハッと驚いた以上、老人が驚いた。

「新一郎か、新一郎か！」老人は、狂気のような眼を据えて覆面の新一郎を睨んだ。

新一郎は、熱湯を呑む思いであった。

先刻からも、頼母の必死の形相《ぎょうそう》に、見るに堪えない思いをしながら、隙あらばと、太刀を構えていたのであるが、相手にそれと知られては、いよいよ思い乱れて、手練《てだれ》の太刀先さえ、かすかに顫えて来るのであった。

「天野氏、拙者が代る！」

いら立った山田が、新一郎を押しのけようとする。こうなっては、新一郎も絶体絶命の場合である。

「助太刀無用、拙者がやる！」

新一郎は、そう云って、山田を押しのけると、

「伯父上、御免！」

と、必死の叫びを挙げると、相手が楯にしている床柱を、逆に小楯にして、サッと身を寄せると、相手の切り下す太刀を避けながら、左の片手突に、頼母の左腹を後の

壁に、縫《ぬ》いつけるほどに、突き徹《とお》した。

幸田が、右手から止めの一太刀を呉《く》れた。

小泉はかけ付けて来た家来達と、渡り合っていたが、頼母が倒れるのを見ると、

「方々、引き上げ！　引き上げ！」

と、叫ぶと、手を負うている吉川を庇いながら、先刻引き上げの用意に開けて置いた裏口の方へ走り出した。

新一郎は、倒れた頼母の死屍へ、片手を挙げて、一礼すると、一番後から庭へ飛び下りた。

「曲者《くせもの》待て！」

万之助の声が聞えた。

（万之助殿、お八重殿許せ！）

彼は、心でそう叫びながら、泉水を飛び越えると、同志達の後を追った。

「待て、卑怯者待て！」

万之助の声が、四五間背後でした。が、新一郎は後を見ずに走った。

四

成田頼母横死の報は、高松藩上下の人々を震撼《しんかん》させた。翌朝の出兵は、延期された。

それは、佐幕主戦派に取っては、大打撃であった。

藩論は、忽《たちま》ち勤王恭順《きょうじゅん》に傾いた。藩主頼聡《よりとし》の弟である頼該《よりかね》の勤王恭順説が、忽ち勢力を占めた。

藩論は、鳥羽伏見の責任を、出先の隊長であった小夫兵庫《おぶひょうご》、小川又右衛門《またえもん》の二人に負わせて、切腹させる事になった。

二人の首が、家老蘆沢伊織《あしざわいおり》、彦坂小四郎《ひこさかこしろう》の手で、その時姫路まで下っていた四国鎮撫使《ちんぶし》、四條侍従《じじゅう》、五條少納言《しょうなごん》の陣営へ届けられた。

土佐の兵、丸亀藩の兵は、高松城下に二、三日滞在した丈《だけ》で、引き上げた。

そして、輝しい王政維新の御世《みよ》が来た。

成田頼母を暗殺した人々は、その翌日、その翌々日にかけて、高松を出奔《しゅっぽん》した。

新一郎も、一しょに逃げようとすると、小泉も山田も止めた。

「貴殿は、天野家の嫡子として、身分の高い人じゃ。我々が、下手人の罪を負うて、脱藩すれば、誰人《だれ》も貴殿を疑う者はあるまい。貴殿は、藩に止まって、国のため一藩のために尽して貰いたい。一度、朝敵の汚名を取った藩の前途は、容易な事ではあるまい。貴殿のなさるべき仕事は、沢山あると思う。」

と云う彼等の意見であった。

新一郎は、下手人の筆頭は、自分である事を思うと、自分丈《だけ》止まることは、いかにも心苦しかったが、しかし小泉や山田と共に、脱藩して、万之助やお八重に、自分が下手人であると、知られるのも、嫌だった。

新一郎が悩んでいる裡《うち》に、小泉達は、城下の西の糸ケ浜から、次ぎ次ぎに漁船を雇うて、備前へ逃げてしまった。

成田頼母の下手人は、小泉、山田、吉川、幸田、久保の五人に決定してしまった。

しかも、王政維新の世になって見ると、佐幕派の頼母の死は、殺され損と云うことになって、下手人達を賞讃こそすれ、非難するものはなかった。

まして、天野新一郎を疑う者などは、一人もない。

頼母の遺子の万之助もお八重も、新一郎を疑うどころか、父なき後は新一郎を、唯一人の相談相手として、頼り始めた。

新一郎が勤王派であったことは、新一郎の立場を有利にして、明治三年に彼は太政官に召されて、司法省出仕《しゅっし》を命ぜられた。

成田頼母を斬った六人の同志の中《うち》、小泉主膳は長州の藩兵に加って、北越に転戦していたが、長岡城の攻囲戦で斃《たお》れた。幸田八五郎は、薩の大山格之助の知遇を得て、薩軍に従うていたが、之《これ》は会津戦争で討死した。

久保三之丞は、明治元年の暮近く京都で病死した。

残った三人の中、山田甚之助は、近衛《このえ》大尉《たいい》になって居り、吉川隼人は東京府の警部になっていた。

天野新一郎は、学才がある丈《だけ》に、出世も早く、明治五年には東京府判事になった。が、彼は高松を出てから、成田頼母の遺族を忘れることはなかった。許嫁《いいなずけ》同様の、お八重の美しい高島田姿を時々思い出した。お正月や、端午《たんご》の節句などに、成田家へ遊びに行くと酒好きな頼母の相手をさせられたが、そんな時には、きっとお八重が、美しく着飾ってお酌に出た。

頼母の横死の後も、お八重や万之助は少しも、新一郎を疑わなかった。然《しか》し、新一郎は、良心に咎《とが》められて、自分から、成田家へ足を遠ざけた。

お八重の父親の死に加えて、維新の変革が続いて起ったので、新一郎とお八重の縁談は、そのままになってしまった。

(もう、お八重殿はきっと、どこかへ縁付かれたであろう。それともまだ家に居られるだろうか)

新一郎は、東京に出てからも、時々そう考えた。

お八重に貞節を守っているわけではなかったが、新一郎も、まだ結婚しないでいた。先輩や同僚から、縁談を勧められたが、何となく気が進まなかった。

明治四年の春に、高松から元の家老の蘆沢伊織が上京して来た。新一郎とも遠縁であったし、成田の家とも遠縁であった。

新一郎が、水道橋の旧藩主の邸《やしき》へ、久しぶりに御機嫌伺いに行くと、そこで伊織と偶然会った。

「やあ、暫《しばら》く。」

「おう、蘆沢の伯父さんですか。」

新一郎は、なつかしかった。

「高松藩士で、新政府に仕えている者は、非常に少い。貴公などは、その少い内の一人じゃ、大に頑張って、末は参議になって貰いたい。」

と、伊織は云った。

「いや、そうは行きません。やはり、薩長の天下ですよ。薩長でなければ、人でありませんよ。」

と、新一郎は、薩長の権力が動かすべからざるものであることを痛嘆した。

「そうかな。そう云えば、高松などは、立ち遅れであったからな。しかし、会津のように朝敵になり切って了《しま》わなくてよかった。貴公達の力で、早く朝廷へ帰順したのは、何よりであった。お国の連中も、今では貴公達の功績を認めて居るぞ。」

「そうですか。それは、どうも有《あり》がとう。」

その時、伊織はふと思いついたように、話題を変えた。

「貴公は、成田の娘を知って居るのう。」

「知っています。」

新一郎は、何気《なにげ》なく云ったが、頬に血が上ったのを自分でも、気がついた。

「貴公と許嫁であったと云うが、本当か。」

「はははは。そんな話は、古いことですから、よしましょう。」

と、冗談にまぎらせようとすると、伊織は真面目に、

「いや、そうはいかんよ。あの娘は、貴公が東京から迎いに帰るのを、待っていると云う噂だぜ。」

「本当ですか、伯父さん?」

新一郎は、ギョッとした。

「本当らしいぜ、どんな縁談もはねつけていると云う噂だぜ。貴公も、年頃の娘をあまり、待たすのは罪じゃないか。それとも、東京でもう結婚しているか。」

「いや、結婚などしていません。」

新一郎は、ハッキリ打ち消した。

「早くお八重殿を欣《よろこ》ばせたがよい。はははは。」

「はははは。」

新一郎も、冗談にまぎらして笑ったが、しかし心の中は、搔《か》き乱された。彼は、お八重を愛していないのではなかった。しかし、自分は、正しくお八重の父の仇《かたき》である。

その事実を隠して、お八重と結婚するのは、人倫の道でないと思ったからである。

と、云ってお八重に対する思慕《しぼ》は、胸の中に尾を曳《ひ》いていて、他の女性と結婚をする気にはなれないのであった。

新一郎は、婆やと女中と書生とを使って、麴町《こうじまち》六番町の旗本屋敷に住んでいた。家も大きく、庭も五百坪以上あった。

国に残した両親は、いくら上京を勧めても、国を離れるのは、嫌だと云って東京へ出て来なかった。

国の両親を見舞旁々《かたがた》、万之助お八重姉弟の様子も知りたく、一度高松へ帰省したいと思ったが、頼母を殺した記憶が、まだ生々しいので、いざとなると何《ど》うしても、足が向かなかった。

明治五年になった。その年の四月五日であった。新一郎が、四時頃役所から帰ると、出迎えた女中が、

「お国から、お客様がお見えになって居《お》ります。」

と、云った。

「国から客！　ほほう、何と云う名前だ。」

「成田様と云って居られます。」

「成田！」

新一郎は、懐しさと恐怖とが、同じ位の分量で、胸に湧《わ》き上った。

居間に落着いてから、女中に、

「此方へお通し申せ。」

と、云った。

(万之助だろう、万之助も今年二十二か、そうすればお八重殿は二十三かな)

と、思いながら、待っていると、襖《ふすま》が開いて、頭を散髪にした万之助の顔が、ニコニコ笑いながら現われた。

「よう。」

新一郎も、懐しさに思わず、声が大きくなった。

「お久しぶりで!」

万之助は、叮嚀《ていねい》に両手をついた。そして、

「姉も同道して居《お》りまする。」

と、云い添えた。

「お八重殿も!」

新一郎は、烈しい衝撃を受けて、顔が赤くなったのを、万之助に見られるのが恥しかった。

「さあ。どうぞ、此方へ!」

新一郎は、座蒲団を、自分の身近に引き寄せた。

お八重が、襖の陰から、上半身を出して、お辞儀をした。お八重が、顔を上げるのが、新一郎には待ち遠しかった。

細く通った鼻筋、地蔵型の眉、うるみを持ったやさしい眼、昔通《どおり》の弱々とした美しさであったが、どこかに痛々しいやつれが現われていて、新一郎の心を悲しませた。

姉弟は、なかなか近寄ろうとはしなかった。

「さあ。どうぞ、此方へ。其処《そこ》では、話が出来ん。さあ、さあ。」

自分が敵《かたき》であると云う恐怖は薄れ、懐しさ親しさのみが、新一郎の心に溢れていた。

「貴君方《あなたがた》の噂も、時々上京して来る国の人達からも聴き、陰ながら案じていたが、御両人とも御無事で、何より重畳《ちょうじょう》じゃ。」

「お兄さまも、御壮健で、立派に御出世遊ばして、お目出度《めでと》うございます。」

昔通り、お兄様と呼ばれて、新一郎は涙ぐましい思いがした。

「今度は、いつ上京なされた?」

「昨日参りました。」

「蒸汽船でか。」

「はあ。神戸から乗りまして。」

「それは、お疲れであろう。お八重殿は、一段と難儀されたであろう。」

初めて新一郎に言葉をかけられ、お八重は顔を赤らめて、さしうつむいた。

「只今は、何処に御滞在か。」

「蘆沢様に、お世話になって居ります。」

「左様か。拙者の邸も、御覧の通《とおり》、無人で手広いから、何時なりとも、お世話するほどに、明日からでも、お出《いで》になっては何《ど》うか。」

「有難うございます。そうお願い致すかも知れませぬ。」

万之助も、昔に変らぬ新一郎の優しさに、涙ぐんでいた。

「今度、御上京の目的は、何か修業のためか、それとも仕官でもしたいためか……」

と、新一郎が訊いた。

万之助は、暫《しばら》くの間黙っていたが、

「それに就《つ》いては、改めてお兄様に、御相談したいと思います。」

と、云った。万之助の眼が、急に険しくなったような気がして、新一郎はヒヤリとした。

その日、姉弟は夕食の馳走になってから、いずれ三四日の内に来ると云って、水道橋の松平邸内に在る蘆沢家へ帰って行った。

が、三日目の夕方、姉弟の代りに、伊織がヒョックリ訪ねて来た。

珍客なので、丁重《ていちょう》に座敷へ迎えると、蘆沢伊織はいきなり、

「お八重殿が、到頭《とうとう》辛抱しきれないで、東京へ出て来たではないか。」

「…………」

新一郎は、何とも返事が出来なかった。

「貴公は、姉弟に何時からでも、家へ来いと云ったそうだが、ただ家へ呼ぶなんて、生殺しにしないで、ちゃんと女房にしてやったらどうだ。」

「はア……」

「はアじゃ、いけない。ハッキリ返事をして貰いたい。お八重殿も、もう二十三だと云うではないか。女は、年を取るのが早い、貴公はいくら法律をやっているからと云って、人情を忘れたわけではあるまい。昨日《きのう》も、一寸お殿様に申し上げたら、それは是非纏《まと》めてやれとの御意であった。昔なら、退引《のつぴき》ならぬお声がかりの婚礼だぞ。何うだ、天野氏！」

新一郎は、返事に窮《きゆう》した。お八重いとしさの思いは、胸に一杯である。しかし、もし婚礼した後で、自分が父の敵《かたき》と云うことが知れたら、それこそ地獄の結婚になってしまうのだ。

「御配慮有難うございます。茲こそ、男子として、踏んばらねばならぬ所だと思ったので、されば家に引き取り、何処までも、世話を致すつもりでござります。拙者も肉親同様不憫《ふびん》に思うて居ります。しかし、お八重殿と婚礼のことは、今暫《しばら》く御猶予を願いたいのでござりまする。」

「頑固だな。権妻《ごんさい》でもあるのか。」

「いいえ。そんな事は、ございません。」

「それなら、何の差支《さしつかえ》もないわけではないか。」

「ちと、思う仔細がございまして……」

「世話はするが、婚礼はしないと云うのか。」

「はア。」

伊織は、少し呆《あき》れて新一郎の顔を、マジマジ見ていたが、

「貴公も少し変人だな。じゃ、家人同様に、面倒は見てくれるのだな。」

「はア、それ丈《だけ》は喜んで……」

「そうか。じゃ、とにかくあの姉弟を、この家へ寄越そう。その中、傍に置いて見て、お八重殿が気に入ったら、改めて女房にしてくれるだろうなア。」

新一郎は、少し考えたが、

「そうなるかも知れませぬ。」

と、呟《つぶや》くように云った。

五

お八重と万之助が、新一郎の家に来たのは、それから四五日後であった。

お八重は、新一郎の妻ではなかったが、自然一家の主婦のようになった。

新一郎の身の廻りの世話もしたし、寝床の上げ下《おろ》しもした。

新一郎も、お八重を妻のように、尊敬もし、愛しもした。駿河町の三井呉服店で、衣装も一式調えてやったし、日本橋小伝馬町《こでんまちよう》の金稜堂で、櫛《くし》、笄《こうがい》、帯止めなどの高価なものも買って来た。

が、新一郎の居間で、二人ぎりになっても、新一郎は指一つ触れようとはしなかった。

お八重が来てから、二月ばかり経った頃だった。その日、宴会があって、新一郎は十一時近く微酔を帯びて、帰って来た。お八重は、新一郎をまめまめしく介抱し、寝衣に着かえさせて、床に就《つ》かせた。

が、新一郎が床に就いた後も、お八重は、何時になく、部屋から、出て行こうとはしなかった。

蒲団の裾《すそ》のところに、いつまでも、坐っていた。

新一郎は、それが気になったので、

「お八重殿、お引き取りになりませぬか。」

と、言葉をかけた。

と、お八重は、それがキッカケになったように、シクシクと泣き始めた。何故、お八重が泣くか、その理由があまりに、ハッキリ分っているので、新一郎も、急に心が乱れ、堪えがたい悩ましさに襲われた。

いっそ、凡《すべ》てを忘れて、そのかぼそい身体を抱き寄せてやった方が、彼女も自分も幸福になるのではないかと思ったが、しかし新一郎の鋭い良心が、それを許さなかった。私利私慾《しりしよく》のために殺したのではないが、親の敵《かたき》には違いない。しかも、それを秘して、その娘と契りを結ぶことなどは、男子の為すべき事でないと云う気持が、彼の愛慾をグッと抑えつけてしまうのである。

彼は、暫くはお八重の泣くのに委せていたが、やがて静に言葉をかけた。

「お八重殿、そなたの気持は、拙者にもよく分っている。長い間、拙者を待っていて下さるお心は、身にしみて嬉しい。今も、そなたを妻同然に思っている。しかし、夫婦の契りだけは、心願の事あって、今暫《しばら》くは出来ぬ。そなたも心苦しいだろう、拙者も心苦しい。が、あきらめて居て貰いたい。その中には、妻と呼び良人と呼ばれる時も、来るでござろう。」

新一郎の言葉には、真実と愛情とが籠《こも》っていた。

お八重は、わあっと泣き伏してしまった。

が、暫くして泣き止むと、

「失礼致しました。おゆるし下さいませ。」

と、云うと、しとやかに襖《ふすま》を開けた。

（お八重どの！）

新一郎は、呼び返したくなる気持を危く抑えた。

六

万之助は、上京の目的を改めて話すと云ったままで、そのままになっていた。そして、新一郎の邸へ来てからも毎日のように出かけて行った。

最初は、学問の稽古に出かけているのかと思っていると、女中などの話では、剣術の稽古に通っているとの事で、新一郎は何かしら、不安な感じがしたので、ある晩、万之助を膝元に呼んで、

「そなたは、毎日剣術の稽古に通って居られるとの事であるが、本当か。」

と、訊いた。

「はア。」

万之助は、素直に肯ずいた。

「左様か。それは、少しお心得違いではないだろうか、今封建の制が廃《すた》れ、士族の廃《はい》刀令《とうれい》も、近々御発布《はっぷ》になろうと云う御時世になって、剣術の稽古をして、何となされるのじゃ。それよりも、新しい御世に、身を立てられるために文明開化の学問をなぜ、

なさらぬのじゃ。福沢先生の塾へでも、お通いなされては、何《ど》うじゃ。」

万之助は、暫くうつむいて黙っていたが、やがて、

「お兄様には、まだ申し上げませんでしたが、仔細あって、剣法の稽古を致して居《お》りまする。」

「仔細とは何じゃ。」

「万之助は、敵討がしたいのでございます。」

「えっ！」

新一郎は、ギクッとして、思わず声が高くなった。

「父頼母を殺された無念は、何うしても諦《あきら》めることが出来ません。」

「…………」

新一郎は、腸《はらわた》を抉《え》ぐられるような思いがして、口が利けなかった。

「私は、父が側腹を刺され、首を半分斬り落されて、倒れている姿を見ました時、たとい一命は捨てても、敵に一太刀報いたいと決心したのでございます。が、御維新になりまして、敵討なども、もう駄目かと諦めて居りました所、明治三年に御発布になりました新律綱領《しんりつこうりょう》に依《よ》りますと、父祖殺された場合は、敵を討ちましても、予《あらかじ》め官に申告して置けば、罪にならぬと云う一条がございますので、ホッと安堵すると共に、復讐の志を、いよいよ堅めたのでございます。その上、同年神田筋違橋《すじかいばし》での住谷兄弟

仇討の噂が、高松へも聞えて参りましたので、矢も楯もたまらず、上京して参ったのでござりまする。」

新一郎は、襟元《えりもと》が寒々として来るのを感じながら、さり気なく訊いた。

「敵は分っているのか。」

「分って居ります。父が殺された翌日出奔した小泉、山田、吉川など五人に相違ござりませぬ。」

「しかし、あの中でも、三人までは死んだが……」

「山田と吉川とが生きて残って居りますのは、天が私の志を憫《あわれ》んでいるのだと思います。」

新一郎は、自分の顔が蒼白になっているのを感じると、万之助に、正面から見られるのが嫌だった。

「その中、誰が下手人《げしゅにん》か、分っているか。」

「分って居《お》りません。お兄様は、あの連中とは、御交際があったとの事でござりまするが、お兄様には精《くわ》しいことは分って居りませんか。」

新一郎は、ドキンと胸に堪《こた》えながら、

「いや、わしにも分らぬが……」

「誰が、直接手を下したかは、問題ではござりませぬ。ただ山田も吉川も、敵《かたき》であることに、間違《まちがい》ございませぬ。」

新一郎は、暫《しばら》く黙っていたが、

「太政官でも、新律綱領で敵討を公許したことに就《つ》いては、その後疑義を持ち、大学の教授達の意見を訊くために御下問状《ごかもんじよう》が発せられたが、教授達からも、仇討は禁止すべしとの回答があったので、左院の院議に附され、近々、復讐禁止令が出ることになっている。殊《こと》に、維新の際は、私怨私慾《しえんしよく》の為の殺人でなく、国家のために、止《や》むを得《え》ざるに出でた殺人であるから、そなたのように、一途に山田吉川などを怨《うら》むのは、如何であろうか。頼母殿尊霊も、そなたが復讐などに、大事な半生を費されるよりも、文明の学問に、身を入れて、立身出世なされる方が、どれほどお喜びになるか分らないと、拙者は存ずるが……」

新一郎の言葉は、いかにも肺腑《はいふ》より出るようであった。

「お兄様のお言葉、嬉しゅうござりまする。しかし、私は立身も出世も、望みではございません。ただ、父の無念が晴したいのでございます。いや、父はお言葉のように、もう相手を恨んでいぬかも知れません。それならば、私は自分の無念が晴したいのでござりまする。父のむごたらしい殺され方を見た口惜しさは、到底《とうてい》忘れることが出来ませぬ。」

新一郎は、万之助の激しい意気に、圧倒されて、口が利けなくなった。自分が、下手人だと名乗ったら、今迄《まで》の親しみなどは、忽《たちま》ち消えて、万之助は直《ただ》ちに、自分に向って殺到して来るに違いなかった。

「御尤《ごもっと》もである。それならば、復讐禁止令の御発布にならぬ前に、志を遂《と》げられたがよい。だが、山田の顔、吉川の顔は御存じか。」

と、新一郎は、訊いた。

「それが、難儀でござりまする。二人とも、存じませぬ。その上、一人は近衛大尉、一人は警部、二人ともなかなか手出しの出来ぬ所に居《お》りまする。その上、私の志は、両人を一時に討ち取りたい願なので、事を運ぶのが容易でござりませぬ。」

「なるほど……」

そう答えて、新一郎は暗然としてしまった。

新一郎は、名乗って討たれてやろうかと思った。しかし、新一郎は頼母を殺したことを、国家の為の止《や》むを得ない殺人だと思っていた丈《だけ》に、名乗って討たれてやるほど、自責を感じていなかった。その上、最近になって、左院副議長江藤新平の知遇を得て、司法少輔に抜擢《ばってき》せられる内約があったし、そうなれば、新日本の民法刑法などの改革に、一働きしたい野心もあった。

当分万之助の様子を見ながら、万之助に復讐の志を変《かえ》させることが、皆のためにもなり、万之助の為にもなるのではないかと思っていた。

その内《うち》に、明治六年が来た。

正月の年賀に、万之助は水道橋の旧藩主松平邸に行った。彼は、そこで山田甚之助に会ったが、山田は軍刀の柄《つか》を握って、万之助に対し、少しの油断も見せなかった。万之助は、懐中《かいちゅう》していた短刀の柄に幾度も手をかけたが、吉川も同時に討ちたいと云う気持と、相手が着ている絢爛《けんらん》たる近衛士官の制服の威力に圧倒されて、到頭《とうとう》手が出なかった。

その夜、万之助は新一郎の前で、泣きながら口惜しがった。

それから、間もない明治六年二月に、太政官布告第三十七号として、復讐禁止令が発布された。

布告は、左の通《とおり》の文章であった。

人《ヒト》ヲ殺《コロ》スハ、国家《コッカ》ノ大禁《タイキン》ニシテ、人《ヒト》ヲ殺《コロ》ス者《モノ》ヲ罰《バッ》スルハ、政府《セイフ》ノ公権《コウケン》ニ候処《ソウロウトコロ》、古《コ》来《ライ》ヨリ父兄《フケイ》ノ為《タメ》ニ、讐《アダ》ヲ復《フク》スルヲ以《モッ》テ、子弟《シテイ》ノ義務《ギム》トナスノ古習《コシュウ》アリ。右《ミギ》ハ至情《シジョウ》不レ得レ止《ヤムヲエザル》ニ出《イヅ》ルト雖《イエド》モ、畢竟私憤《ヒッキヨウシフン》ヲ以《モッ》テ、大禁《タイキン》ヲ破《ヤブ》リ、私義《シギ》ヲ以《モッ》テ、公権《コウケン》ヲ犯《オカ》ス者《モノ》ニシテ、固擅殺《モトヨリセンサツ》ノ罪《ツミ》ヲ免《マヌガ》レズ。加之《シカノミナラズ》、甚《ハナハダ》シキニ至《イタ》リテハ、其事《ソノコト》ノ故誤《コゴ》ヲ問《ト》ワズ、其《ソ》ノ理《リ》ノ当否《トウヒ》ヲ顧《カエリ》ミズ、復讐《フクシュウ》ノ名義《メイギ》ヲ挟《サシハサ》ミ、濫《ミダ》リニ相構害《アイコウガイ》スルノ弊往々《ヘイオウオウ》有レ之《コレアリ》、甚《ハナハ》ダ以《モッ》テ相不レ済《アイスマザル》事《コト》ニ候《ソウロウ》。依レ之《コレニヨッテ》復讐厳禁《フクシュウゲンキン》仰出《オオセイダ》サレ候《ソウロウ》。今後《コンゴ》不幸《フコウ》至親《シシン》ヲ害《ガイ》セラルル者有之《モノコレアル》ニ於《オイ》テハ、事実《ジジツ》ヲ詳《ツマビラカ》ニシ、速《スミヤカ》ニ其筋《ソノスジ》ヘ訴《ウッタ》エ出《イ》ヅ可《ベ》ク候《ソウロウ》。若《モ》シ其儀《ソノギ》無《ナ》ク、旧習《キュウシュウ》ニ泥《ナズ》ミ擅殺《センサツ》スルニ於《オイ》テハ相当《ソウトウ》ノ罪科《ザイカ》ニ処《ショ》ス可《ベ》ク候条《ソウロウジョウ》、心得違《ココロエチガ》イ之《コ》レ無《ナ》キ様《ヨウ》致《イタ》スベキ事《コト》。

新一郎は、その布告の写を、役所から携《たずさ》え帰って、万之助に見せた。

万之助は、それを見ると、男泣きに泣いた。

万之助が泣き止むのを待って、新一郎は静《しず》かに云った。

「かような御布告が出た以上、親の敵を討っても、謀殺《ぼうさつ》であることに変りはない。軽くても、無期徒刑、重ければ斬罪《ざんざい》じゃ。」

が、万之助は、毅然《きぜん》として云った。

「復讐の志を立ててからは、一命は亡きものと心得て居《お》ります。曾我《そが》の五郎も十郎も、復讐と同時に、命を捨てました。兄弟としては、必ず本望であったでございましょう。たとい、朝廷から御禁令があっても、私はやります。きっとやります。命が惜《お》しいのは、敵《かたき》を討つ迄《まで》で、敵《かたき》を討ってしまえば、命などは、ちっとも惜しくはございません。」

と、云った。

新一郎が、突然喀血《かっけつ》したのは、それから間もなくであった。蒲柳《ほりゅう》の質である彼は、いつの間にか肺を犯されていたのである。

お八重の驚きと悲しみ、それに続く献身的な看護は、新一郎の心を、決して明るくはしなかった。

新一郎の病気は、段々悪くなって行った。その年の七月頃には、不治であることが、宣告された。

新一郎が病床で割腹自殺したのは、八月一日であった。

数通の遺書があった。万之助に宛てたのは、次ぎの通《とおり》である。

万之助殿

御身《おんみ》の父の仇は、我なり。最初、御身の父を刺せしは我也。止めは幸田也《なり》。吉川、山田などは、当時一切手を下さず。彼等を仇と狙いて、御身の一生を誤ること勿《なか》れ、至嘱至嘱《ししよくししよく》。余の命数尽きたりと雖も、静に天命を待たずして自殺するは、御身に対する我が微衷也《びちゆうなり》。余の死に依《よ》って、御身の仇は尽きたり、再び復讐を思う事勿《なか》れ。

新一郎

お八重に対するものは、次ぎの通《とお》りであった。

八重殿
死して初《はじめ》て、わが妻と呼ぶことを許せ。御身の父の仇たるを秘して、御身と契りを結ぶことは、余の潔《いさぎよ》しとせざるところ也《なり》。乞《こ》う諒《りよう》とせられよ。余の死に依りて、讐は消えたらん、御身を妻と呼ぶことを許せよ。余は、上官に対する遺言書に、御身を妻と申告し置きたれば、余の所持金及び官よりの下賜金《かしきん》は凡《すべ》て、御身の所有となるべし。万之助殿と共に、幸福に暮さるべし。良縁あらば、嫁がれて可也《なり》。
新一郎

万之助とお八重とは、新一郎の死床で、相擁《あいよう》して何時迄《まで》も、泣きつづけた。

私の日常道徳

一。私は自分より富んでいる人からは、何でも欣《よろこ》んで貰《もら》うことにしてある。何の遠慮もなしに、御馳走《ごちそう》にもなる。総じて私は人から物を呉《く》れるとき遠慮はしない。お互に、人に物をやったり快く貰ったりしたことは人生を明るくするからだ。貰うものは快く貰い、やる物は快くやりたい。

一。他人に、御馳走になるときは出来るだけ、沢山喰《た》べる。そんなとき、まずいものをおいしいと云《い》う必要はないが、おいしいものは明に口に出してそう云う。

一。人と一しょに物を喰ったとき、相手が自分よりよっぽど収入の少い人であるときは、少し頑張っても此方が払う。相手の収入が相当ある人なら、向うが払うといって頑張れば払わせる。

一。人から無心を云われるとき、私はそれに応ずるか応じないかはその人と自分との親疎に依《よ》って定める。向うがどんなに困っていても、一面識の人なれば断る。

一。私は生活費以外の金は誰にも貸さないことにしてある。生活費なら貸す。だが友人知己それぞれ心の裡に金額を定めていて、此《こ》の人のためには此位出しても惜しくないと思う金額だけしか貸さない。貸した以上、払って貰うことを考えたことはない。また払ってくれた人もない。

一。約束は必ず守りたい。人間が約束を守らなくなると社会生活は出来なくなるからだ。従って私は、人との約束は不可抗力の場合以外破ったことがない。ただ、時々破る約束がある。それは原稿執筆の約束だ。これだけは、どうも守り切れない。

一。貴君のことを誰が、こうこう云ったと云って告げ口する場合、私は大抵聞き流す。人は、陰では誰の悪口でも云うし、悪口を云いながら、心では尊敬している場合もあり、その人の云った悪口だけが此方へ伝えられて、それと同時に云った賞《ほ》め言葉の伝えられない場合だって非常に多いのだから。

一。私は遠慮はしない。自分自身の価値は相当に主張し、またそれに対する他人からの待遇をも要求する。私は誰と自動車に乗っても、クッションが空いているのに、補助座席の方へは腰をかけない。

一。自分の悪評、悪い噂などを親切に伝えて呉《く》れるのも閉口だ。自分が、それを知ったため、応急手当の出来る場合はともかく、それ以外は知らぬが仏でいたい。

一。私は往来で帯がとけて、歩いている場合などよくある。そんなとき注意をしてくれると、いつもイヤな気がする。帯がとけていると云うことは、自分が気がつかなければ平気だ。人から指摘されると云うことがいやなのだ。そんなことは、人から指摘されなくてもやがては気がつくことだ。人生の重大事についても、これと同じことが云えるかも知れない。

一。人への親切、世話は慰《なぐさ》みとしていたい。義務としてはしたくない。

一。自分に好意を持っていてくれる人には、自分は好意を持ち返す。悪意を持っている人には悪意を持ち返す。

一。作品の批評を求められたとき、悪い物は死んでもいいとは云わない。どんなに相手の感情を害しても。だが、少しいいと思う物を、相手を奨励《しょうれい》する意味で、誇張して賞めることはしない。

（大正十五年一月　菊池寛三十九歳）

解説「百年の黙示」

辻　仁成

文藝春秋社から菊池寛著のオリジナル短編小説集『マスク』の解説依頼を受けた。タイトルになっている短編小説「マスク」は一世紀ほど前、スペイン風邪が大流行した当時、菊池寛自身の体験をもとに綴《つづ》られた小説である。スペイン風邪は第一次世界大戦の終わりごろから流行しはじめたインフルエンザ・パンデミックで、当時、五千万人から一億人ほどの命を奪ったとも言われる。現在、大流行中の新型コロナウイルスとよく比較されるが、百年も前のことだけに、スペイン風邪によるパンデミックを経験しそれを現代に語れる者はもはやいない。けれども、私たちは菊池寛の「マスク」から当時の日本の状況を読み取ることが出来る。

おそらく、この小説に登場する、〈見かけは恰幅《かっぷく》がよくて肥《ふと》っているがために健康だと思われているが、実は心臓や肺が弱い主人公〉は菊池寛その人であろう。病院で診察を受けるが、そこの医者は、主人公を脅かすことしか口にしない。患者のことなど考えずずけずけとものをいう医者の言葉に主人公は傷つき、不安を覚え、怯《おび》える毎日……。新聞に掲載される日々の死者数の増減に一喜一憂し、外出する時はマスクが手放せなくなる、という筋書きだが、驚くべきことに、それはまさに現在そのものではないか。

解説など引き受けたことがない私が、実はこの仕事を引き受けるかを悩みながら、冒頭の短編「マスク」に目を落とした途端、これはフランスでロックダウンを経験した自分が解説をやらないわけにはいかない、と思うようになった。

私が暮らすフランスでは3月17日（2020年）から新型コロナウイルスの感染拡大により、ロックダウンに突入。1月の段階ではまだ、この感染症は遠い中国で起きている対岸の火事に過ぎなかった。連日、テレビでも取り上げられてはいたが、私も含め、誰一人このようなその後の世界が待っているなどとは想像だにしていなかった。ロックダウンに入る以前、フランス人がマスクに対して持っていたイメージとは「重症者が身を守るために付けるもの」でしかなかった。私が排気ガスの酷《ひど》い日などにマスクをつけて買い物などに行こうものなら、怪訝《けげん》な目で見られ、あからさまに道を譲《ゆず》られたりした。日本人がマスクを日ごろ身に着ける習慣があることを、もちろん彼らは知っていたが、衛生観念の異なるフランス人は中国で感染症が流行り始めていたのに、マスクを付けることはなかった。中国からの観光客でごった返すシャンゼリゼ大通りであろうと、エッフェル塔周辺であろうと……。自由を愛するフランス人にとってマスクは世界を遮断する不自由の象徴であり、マスクをするということは個人の隔離に等しかった。

マクロン大統領がテレビ演説を通してロックダウンを宣言してもまだマスクへの懐疑というのか、マスクへの信頼も信用も行き渡ることはなかった。エドアール・フィリップ首相もオリヴィエ・ヴェラン保健相も当初は「非感染者がマスクをつける必要はない」と明言していた。この時の失敗があとで感染拡大を許す最大の原因になるのだけど、実際のところ、マスクを推奨《すいしょう》したくても、もともと必要としなかった国なので、そもそも在庫が乏しかった。それなのに、中国からの観光客を入国させていた。付けないフランス人と付ける中国人との対比が在仏日本人の私に、何か心底恐ろしいことが起こるような予感を植え付けて仕方なかった。

かくして、あれよあれよという間に、フランスのみならず欧州各国で感染爆発が起こり、人々は我先にマスクを求めることになる。

菊池寛のこの「マスク」は短編小説ながら、時代を予見する非常に興味深い作品の一つであり、アルベール・カミュが1947年に出版した「ペスト」との比較は難しいけれど、むしろ日本人には「ペスト」以上に思い当たることが満載であった。たとえば、以下の一節はまさに、今現在、私たちが神経質にやっていることの描写かと思わされる。

「自分は、極力外出しないようにした。妻も女中も、成《な》るべく外出させないようにした。そして朝夕には過酸化水素水で、含漱《うがい》をした。止むを得ない用事で、外出するときには、ガーゼを沢山詰めたマスクを掛けた。そして、出る時と帰った時に、叮嚀《ていねい》に含漱《うがい》をした」

止むを得ない用事というのは、最近頻繁に使われるようになった「不要不急」でない用事のことであろう。過酸化水素水というのが何か分からないけれど、うがい薬に似たような効果があったのだろうか？　むしろ、過酸化水素水という響きにスペインを撃退してみせるぞ、という当時の科学的気概《きがい》を垣間見ることが出来る。ガーゼ風邪を沢山詰めたマスク、という表現が実に人々のこの未知のウイルスへの畏怖《いふ》を描いていて、さらには、当時の科学的レベルもよくわかり、同時に、その必死さは、ぼくらが性能のいいマスクを探し求めてやまない現代の労苦とも符合する。

「病気を怖れないで、伝染の危険を冒すなどと云うことは、それは野蛮人の勇気だよ。病気を怖れて伝染の危険を絶対に避けると云う方が、文明人としての勇気だよ。誰も、もうマスクを掛けて居ないときに、マスクを掛けて居るのは変なものだよ。が、それは臆病でなくして、文明人としての勇気だと思うよ」

この一節に出会った時、思わず、はぁ、菊池先生、と唸らずにはおれなかった。冒頭の「病気を怖れないで、伝染の危険を冒すなどと云うことは、それは野蛮人の勇気だよ」はトランプ大統領がマスクをせずホワイトハウス中を歩き回っていたことへの皮肉か、または予言、と思ったほど。「病気を怖れて伝染の危険を絶対に避けると云う方が、文明人としての勇気だよ」に至ってはフランス人がパンデミック以前にマスクを離さない日本人を笑いのネタにしていたことを思い出させてくれた。菊池寛は面白い。彼は小説家というよりも経営の能力もまた高い人だったと思うが、優秀な経営者というのは予言者であり、先見のある人なのである。

「自分は、そう云う人を見付け出すごとに、自分一人マスクを付けて居ると云う、一種のてれくささから救われた。自分が、真の意味の衛生家であり、生命を極度に愛惜する点に於《おい》て一個の文明人であると云ったような、誇《ほこり》をさえ感じた」

WHOが中国から始まったこの感染症をなかなかパンデミックだと認めきれなかっ

た時から、すでにこれは恐ろしいことになる、とぼくは警告をし続けていた。自分が長年書き続けている公開日記ではたびたびテドロス事務局長への批判を繰り返してきた。それはこのままでは多くの犠牲者が出ることになる、と心配していたからだ。ようやくWHOが「今世界はパンデミックの状態にある」と宣言した時、すでに世界はおよそ取返しのつかないところへと向かっていた。この菊池寛の一節は、世界を予見できない政治家や国際的組織のリーダーたちにこそ、聞かせたいくらいに、私には小気味よく響き渡った。

「マスク」の後半、それは5月の少し暖かい季節の話しになるが、主人公はマスクをつけなくなっていた。すると不意に目の前に「黒いマスク」を付けた男が出現する。この百年前の唐突な展開に、ぼくはこの「マスク」という作品の一番の読みどころを見つけることになる。当初、フランスでも、黒マスクは中国の観光客の方々が付けていた。白マスクが当たり前だった今年の初め、中国本土から渡ってきた観光客の団体が黒マスクをつけてシャンゼリゼ大通りを闊歩《かっぽ》する光景が、ぼくの記憶に焼き付いた。何か、言葉に出来ない恐ろしい視覚的印象を持った。中国の人へ、ではない。その黒マスクに対して、である。ぼくは今、自分が黒マスクをつけるようになった。なぜ、あれほど不快を覚えた黒マスクに手を伸ばすのか、分からない。この作品の主人公は、感冒の脅威を想起させられたことで、この黒いマスクの男を憎悪する。この憎悪というものは一体何か、と2020年の現在、ぼくらはこの作品を読み込んだ上で、もう一度、考える必要がある。百年前のパンデミックの時代に、不意に登場した黒マスクの正体こそ、この作品に隠された黙示ではないか。

菊池寛はスペイン風邪で命を落とすことはなかったが、59歳の3月、近親者や主治医を招待し、病の快気祝いを自宅で行っていた最中、狭心症に襲われ、急死している。コロナ禍のパリで生きる61歳の自分にとっては他人事とは思えない話なのである。菊池寛がもしもこの時代に生きていたら、新型コロナで明日さえも見えないこの世界に対して、どういう行動を起こしていたのか、それを想像するのも、この作品のもう一つの醍醐味《だいごみ》かもしれない。

（作家）

収録作品「マスク」「神の如く弱し」「簡単な死去」「身投げ救助業」「忠直卿行状記」は『菊池寛全集第二巻』（高松市菊池寛記念館）、「船医の立場」「島原心中」は『菊池寛全集第三巻』（同）、「仇討禁止令」は『菊池寛全集第四巻』（同）を底本といたしました。「私の日常道徳」の初出は「文藝春秋」大正15年1月号です。

協　力　菊池寛記念館
デザイン　木村弥世
DTP制作　エヴリ・シンク

【本書の表記について】
＊本書では原文の表記を尊重しましたが、読みやすいように、原則として旧仮名遣いの表記は新仮名遣いに、旧字を新字に改めました。また、読みにくい漢字にはルビを多数ふりました。
＊あて字と思われる箇所も、当時の雰囲気を味わっていただくためにそのままといたしました。
＊今日の人権意識に照らして不適切と思われる表現や表記が一部見られますが、作者が故人であること、また、当時の時代背景に鑑み、そのままといたしました。

文春文庫部

文春文庫

マ ス ク

スペイン風邪《かぜ》をめぐる小説集《しょうせつしゅう》

定価はカバーに
表示してあります

2020年12月10日　第1刷
2021年6月5日　第2刷

著 者　菊《きく》池《ち》寛《かん》

発行者　花田朋子

発行所　株式会社 文藝春秋

東京都千代田区紀尾井町 3-23　〒102-8008
TEL　03・3265・1211(代)
文藝春秋ホームページ　http://www.bunshun.co.jp

落丁、乱丁本は、お手数ですが小社製作部宛お送り下さい。送料小社負担でお取替致します。

印刷・大日本印刷　製本・加藤製本

Printed in Japan
ISBN978-4-16-791613-8

（　）内は解説者。品切の節はご容赦下さい。

阿刀田 高
ローマへ行こう
忘れえぬ記憶の中で、男は、そして女も、生きたい時がある。あれは夢だったのだろうか。夢と現実を行き交うような日常の不可解を描く、大切な人々に思いを馳せる珠玉の十話。（内藤麻里子）
あ-2-27

有吉佐和子
青い壺
無名の陶芸家が生んだ青磁の壺が売られ贈られ盗まれ、十余年後に作者と再会した時——。壺が映し出した人間の有為転変を鮮やかに描き出した有吉文学の名作、復刊！（平松洋子）
あ-3-5

阿佐田哲也
麻雀放浪記1　青春篇
戦後まもなく、上野のドヤ街を舞台に、坊や哲、ドサ健、上州虎、出目徳ら博打打ちが、人生を博打に賭けてイカサマの限りを尽くして闘う「阿佐田哲也麻雀小説」の最高傑作。（先崎 学）
あ-7-3

阿佐田哲也
麻雀放浪記2　風雲篇
イカサマ麻雀がばれた私こと坊や哲は関西へ逃げた。だが、そこには東京より過激な「ブウ麻雀」のプロ達が待っており、京都の坊主達と博打寺での死闘が繰り広げられた。（立川談志）
あ-7-4

阿佐田哲也
麻雀放浪記3　激闘篇
右腕を痛めイカサマが出来なくなった私こと坊や哲は新聞社に勤めたが……。戦後の混乱期を乗り越えたイカサマ博打打ちたちの運命は。痛快ピカレスクロマン第三弾！（小沢昭一）
あ-7-5

阿佐田哲也
麻雀放浪記4　番外篇
黒手袋をはずすと親指以外すべてがツメられている博打打ち、李億春との出会いと、ドサ健との再会を機に堅気の生活から足を洗った私……。麻雀小説の傑作、感動の最終巻！（柳 美里）
あ-7-6

芥川龍之介
羅《ら》生門《しょうもん》　蜘蛛《くも》の糸《いと》　杜子春《とししゅん》　外十八篇
昭和、平成とあまたの作家が登場したが、この天才を越えた者がいただろうか？　近代知性の極に荒廃を見た作家の、光芒を放つ珠玉集。日本人の心の遺産「現代日本文学館」その二。
あ-29-1

（　）内は解説者。品切の節はご容赦下さい。

夏目漱石
こころ 坊っちゃん
青春を爽快に描く「坊っちゃん」、知識人の心の葛藤を真摯に描く「こころ」。日本文学の永遠の名作を一冊に収めた漱石文庫。読みやすい大きな活字、詳しい年譜、注釈、作家案内。（江藤　淳）
な-31-1

夏目漱石
それから 門
近代知識人の一典型である長井代助を通じて、エゴイズムと社会の相克を描いた『それから』。罪を負った代助の〝後日の姿〟を冷徹に見つめた『門』。代表作二篇を収める。（江藤　淳）
な-31-2

夏目漱石
吾輩は猫である
苦沙弥、迷亭、寒月ら、太平の逸民たちの珍妙なやりとりを、猫の視点から描いた漱石の処女小説。滑稽かつ饒舌な文体と痛烈な文明批評で日本中の話題をさらった永遠の名作。（江藤　淳）
な-31-3

長野まゆみ
鉱石倶楽部
「葡萄狩り」「天体観測」「寝台特急」「卵の箱」――石から生まれた美しい物語たちが幻想的な世界へ読者を誘う。ファンタジー短篇「ゾロ博士の鉱物図鑑」収録。著者秘蔵の鉱石写真も多数掲載。
な-44-2

長野まゆみ
フランダースの帽子
ポンペイの遺跡、猫めいた老婦人、白い紙の舟、姉妹がついたウソ、不在の人物の輪郭――何が本当で何が虚偽なのか。消えゆく記憶の彼方から浮かび上がる、六つの物語。（東　直子）
な-44-6

長嶋　有
猛スピードで母は
母は結婚をほのめかしアクセルを思い切り踏み込んだ。現実にクールに立ち向かう母の姿を小学生の皮膚感覚で綴った芥川賞受賞作。文學界新人賞「サイドカーに犬」も併録。（井坂洋子）
な-47-1

長嶋　有
問いのない答え
震災の直後にネムオがツイッターで始めた言葉遊び。会ったことはないのにつながってゆく人々の日々を描き、穏やかに心を揺する傑作。静かなやさしさが円を描く長編。（藤野可織）
な-47-5